Phébus *libretto*

LES FILLES DE L'OMBRE

MATHIEU TERENCE

LES FILLES DE L'OMBRE

nouvelles

Phébus *libretto*

Illustration de couverture :
Leonor Fini :
Extrême nuit (détail)

www.phebus-editions.com

LE MANÈGE

ÉTÉ

Bamonte baisse le volume de l'électrocardiogramme au point de le réduire au silence. Il se regarde sur l'écran bleu-gris du capteur. Comme l'appareil est disposé à hauteur d'homme sur une tablette rivée au mur, il n'a pas besoin de se pencher pour user de la seule sorte de miroir dont la chambre est équipée. En revanche, il a placé sa face un peu barbue avec précision, de manière que le point lumineux qui signale visuellement le rythme cardiaque de Kiêu, et qui traverse le rectangle quadrillé de l'engin avec une régularité de bon aloi, se loge successivement dans le reflet de sa pupille gauche puis dans celui de la droite. Quiconque le connaîtrait en détail rapprocherait ce petit jeu qui meuble son temps depuis quelques minutes de celui auquel il se prêtait enfant, lors des repas de famille, quand il se lançait des clins d'œil dans la lame de son couteau de table.

Maintenant qu'elle est sortie du coma et qu'on a transféré son lit hors de la salle de réanimation, il craint d'avoir à annoncer à Kiêu, à son réveil, la mort de sa mère. Après tout, que représente-t-il pour elle ? En réalité il espère que la tante de la jeune fille, la sœur de la défunte, qui devrait arriver de l'aéroport dans l'après-midi, débarquera à temps pour endosser le rôle d'oiseau de mauvais augure.

Pour l'instant il observe l'accidentée. Il ne l'a pas vue depuis deux ans mais il aurait du mal à juger si elle a beaucoup changé. Sa tête est serrée dans d'épais bandages et l'on ne distingue que la blessure de sa bouche dont les commissures ont été fendues par les ambulanciers au moment de l'intubation du respirateur artificiel. Son bras et sa jambe gauche sont pansés. Elle porte une orthèse dite de Milwaukee avec appui pelvien et mentonnier qui la contraint à garder à l'horizontale la pose martiale d'un garde-à-vous : un chevalier couché en armure jouirait de plus de liberté de mouvement qu'elle.

Avant d'estimer qu'il ne s'agissait peut-être pas d'une bonne idée, il a voulu lui dessiner son squelette pour l'aider à comprendre, quand elle aura recouvré ses esprits, où ses fractures sont situées. De toute façon il a oublié d'emporter son carton à croquis lorsque l'hôpital de Bilbao l'a alerté – quelle surprise de découvrir à cette occasion que Kiêu conservait dans son portefeuille le minuscule article d'une gazette où l'on parlait de lui qui venait de recevoir un prix pour ses illustrations du *Roi Lear* : elle ne l'avait donc pas totalement rayé de ses pensées. Au reste, quand bien même il lui donnerait un dessin, serait-elle en mesure de le voir ? Après examen, on lui a expliqué qu'elle souffre, entre autres, d'une paralysie oculomotrice pouvant révéler une affection du système nerveux. Bamonte porte de nouveau son regard sur la jeune fille dont la main s'étire sur le drap blanc puis se contracte par réflexe, à plusieurs reprises, pareille à une méduse quittant les hauts-fonds.

Lui, qui ne l'a pas encore touchée depuis trois jours qu'il la veille, s'approche du lit et effleure sa peau à la saignée du bras droit. Il survole des doigts l'attache de son poignet et son ventre, aussi plat qu'un tambour, avant de glisser le bout de l'index dans son nombril tapissé de sueur. Il laisse durer ce contact un moment. Ses nerfs lui transmettent le relief des replis ombilicaux et il lui semble accéder à une intimité si douce qu'elle en est dangereuse. Il recule d'un coup lorsqu'il se rend compte que son geste pourrait être considéré comme un abus par une infirmière qui surgirait ou bien par Kiêu elle-même si elle se réveillait.

Pourtant il ne peut s'interrompre et tire parti – en connaissance de cause désormais – du sommeil de la jeune fille pour examiner, cette fois du regard, son corps hérissé de métal : deux fixateurs externes à structures tubulaires en acier sont vissés aux os du bras et de la jambe, pareils à deux échafaudages miniatures.

C'est d'ailleurs en vue d'aseptiser les orifices qui se sont mis à suinter là où ces baguettes pénètrent les tissus qu'une aide-soignante vient d'entrer dans la chambre. Bamonte s'écarte pour la laisser harnacher la patiente et suspendre à une potence la cuisse à désinfecter. Il doute qu'un être puisse connaître une situation de plus grande vulnérabilité que celle dans laquelle se trouve Kiêu devant lui et, à cet instant, il lui semble devenir un gouffre qu'indiffère le sort de qui pourrait y sombrer.

AUTOMNE

Deux mois ont passé lorsque nous retrouvons Kiêu dans sa chambre de l'Hôpital universitaire. Le traumatisme de l'accident est si profond qu'il lui a ôté la mémoire des événements qui ont constitué sa vie d'avant. Les médecins sont dans l'incapacité d'affirmer si un facteur physiologique est en cause, ou bien le choc qu'a pu ressentir la jeune fille en apprenant la mort de sa mère, ou encore celui qui a pu la frapper si, avant de perdre connaissance, elle a vu cette dernière décapitée par le garde-boue du camion dans lequel leur voiture s'est encastrée, sur la bande d'arrêt d'urgence de la route de leurs vacances en Catalogne.

Les spécialistes paraissent cependant enclins à favoriser une explication psychologique. Ils ont procédé à des examens au scanner de la formation réticulée, du thalamus, du cortex préfrontal, où se concentrent les fonctions mnésiques du cerveau, et aucun trouble n'a été constaté. De plus, depuis son réveil, Kiêu a un comportement de retrait intense, proche de l'autisme, vis-à-vis du monde; il est vrai qu'elle ne comprend pas l'espagnol. Elle n'exprime, le plus souvent par gestes, que les besoins que commandent son hygiène, son appétit ou son confort quand la pièce est trop chaude.

Elle n'a même pas prêté attention à sa tante lorsque celle-ci l'a embrassée avant de s'en aller reprendre l'avion pour Hanoï, lui promettant de revenir la chercher aussitôt qu'elle sera suffisamment rétablie pour partir vivre dans sa famille maternelle. Elle ne se préoccupe guère plus de Bamonte qui lui tient compagnie deux ou trois heures par jour. Le seul de ses proches – elle ne saurait se montrer plus précise dans l'état où elle se trouve – à s'être précipité à son chevet n'est-il pas devenu par la force des choses son ultime soutien, comme il est dit dans les feuilletons télévisés jamais à court d'expressions pathétiques ?

Lui au contraire demeure on ne peut plus attentif à la jeune fille, qu'on a débarrassée des pansements qui bandaient son crâne et sa face, ses flancs et ses membres. Il a pu observer son air chagrin, sa coupe de cheveux au bol et ses traits qui sont d'un faune du Siam, s'il se peut. Il s'attarde sur les hématomes qui tachent l'épiderme de l'adolescente : il y perçoit des fleurs noires écloses à même la chair sous la pellicule élastique de la peau. Est-ce en rêve qu'il s'est vu se pencher sur celle qui ombre de ses larges pétales violacés l'aine de Kiêu, pour s'en saisir et l'arracher à pleines dents ? Leurs heures de tête-à-tête silencieux lui font naître des fantômes qu'il n'aurait jamais osé reconnaître en lui autrement. Par chance, ces réunions muettes sont suspendues par les visites médicales et les traitements.

Après les opérations de chirurgie plastique destinées à effacer autant que possible les brûlures et les cicatrices du corps de Kiêu, le travail de convalescence a en effet pu commencer. Chaque jour, on l'emmène en chaise roulante jusqu'à la salle de rééducation. On aborde la préhension des objets – la main de Kiêu refermée sur une balle en mousse représentera une sorte de victoire –, la rotation du bassin et, en dernier lieu, la marche ébauchée entre deux barres parallèles.

Nul ne songe à demander à Bamonte son identité puisque aux yeux de chacun ici la jeune fille est placée sous son aile depuis son admission en soins intensifs : il assiste donc en habitué à ces séances de gymnastique réadaptative. Il ne lui déplaît pas de voir la jeune éclopée s'essouffler à la tâche tant chez elle, qui ne laisse pas de se taire, le ravit tout un ensemble d'attitudes théâtrales – quand elle perd l'équilibre et qu'elle part à la renverse dans les bras de l'infirmier, quand elle désigne son fauteuil roulant d'un coup de menton pour exprimer sa lassitude – composant des scènes assez révélatrices de son caractère bien trempé.

Aujourd'hui, le masseur se consacre aux cervicales endommagées de Kiêu. Bamonte enregistre les mouvements du kinésithérapeute car il ne fait pas de doute que la jeune fille aura besoin de ce genre de soin de nombreuses semaines après sa sortie de l'hôpital. Elle est allongée à plat ventre, en short et débardeur bleus, sur un des bords de la table du spécialiste. Ses jambes sont légèrement écartées et ses deux bras pendent de chaque côté dans le vide, la tête est posée de profil sur l'oreille antagoniste aux meurtrissures. Bamonte est assis sur une chaise, près d'elle, juste au centre de son champ de vision. Lorsqu'il croise les jambes, le dossier qui ne le quitte pas glisse de ses genoux et laisse échapper un paquet de feuilles. Sous les yeux de Kiêu s'étalent soudain les dizaines d'esquisses, de portraits qu'il a faits d'elle à son insu depuis deux mois. Elle se découvre endormie, lavée, cousue, transportée, couverte de bleus, de cicatrices, aux mains des masseurs ou les bras en croix sur les agrès.

Pour toute réaction, elle adresse à Bamonte un regard très soutenu de complet assentiment. A la seconde, il décide de profiter de l'état de confusion dans lequel l'adolescente est plongée.

HIVER

Pendant les semaines qui vont précéder la sortie de l'hôpital, Bamonte effectuera de nombreux allers-retours entre Bilbao et Paris. Son intention étant de loger au plus tôt la jeune fille chez lui, il lui faut aménager son appartement de manière à être en mesure d'héberger une polytraumatisée. A vrai dire, lui qui n'a jamais eu le goût du bricolage va trouver un plaisir certain à percer, visser, fixer les divers équipements nécessaires. Il installera des mains courantes dans les pièces et les couloirs, un lit à potence et un déambulateur dans la chambre d'ami. Il posera des barres antidérapantes sur les murs de la salle de bain et un siège avec dossier dans la baignoire.

Cette débauche d'énergie n'est pas sans évoquer l'affairement du futur père de famille qui monte berceau, chauffe-biberon et poussette, dans l'attente de la naissance de son premier enfant. Lorsque Bamonte fera faire à Kiêu le tour du propriétaire, il n'aura certes pas cette comparaison à l'esprit. Dès qu'il lui aura montré son nouvel univers, et qu'elle aura esquissé un premier sourire en remarquant par la fenêtre la présence d'une fête foraine dans le jardin des Tuileries, côté rue de Rivoli, une entente de moins en moins tacite naîtra entre eux qui ne trouve pas de meilleure expression que dans le terme complicité. L'amnésie de Kiêu perdurera mais ne l'empêchera plus de parler, ni de s'amuser du désir que son hôte a conçu pour elle. Ainsi elle posera pour lui et adoptera les attitudes qu'il la priera de prendre jusqu'au moment où elle pourra les improviser toutes ; Bamonte préfère quand il est impossible de savoir si son modèle exhibe ses blessures ou si elle en a honte, et si sa tenue – corset et collier orthopédiques, attelles aux genoux et aux poignets, écharpe de soutien – ne relève pas plutôt d'une version dévoyée de la pratique du *bondage* que de la stricte nécessité médicale. Kiêu se prendra si bien au jeu que ses initiatives iront crescendo dans le registre de la provocation.

Il est peut-être utile de préciser ici qu'à l'heure du départ les médecins et le kinésithérapeute avaient multiplié les recommandations pour la gouverne de Bamonte. La première d'entre elles, la principale, consistait à obliger Kiêu à ne jamais quitter sa minerve durant les cinq prochains mois au minimum. Ses vertèbres cervicales ayant été abîmées au point de menacer l'intégrité de la moelle épinière, il lui faudrait prévenir toute flexion intempestive, tout choc brutal qui pourraient provoquer rien de moins qu'un « coup du lapin » mortel. Bamonte entendit mais se garda d'apprendre à la jeune fille les risques qu'elle encourait, sous prétexte – se plut-il à croire – de lui épargner les tourments de Damoclès.

Cette faiblesse dangereuse de la colonne vertébrale conduira cependant Bamonte à masser Kiêu au quotidien. Il procédera de préférence à la manipulation en inclinaison oblique, pour employer le vocabulaire technique adéquat : elle est assise sur un tabouret, le buste bien droit ; ses mains reposent sur ses cuisses ; elle tourne sa tête de l'autre côté du blocage ; Bamonte est placé debout derrière elle ; il plaque sa main sur son épaule, à la jonction du cou, les doigts en avant et l'extrémité du pouce au contact de l'apophyse épineuse concernée ; la paume de son autre main est appliquée sur la tête de Kiêu, à la rencontre du front et des cheveux ; le flanc interne de son avant-bras reste collé à la joue et son coude prend appui sur la clavicule ; la main céphalique incline la tête de la petite patiente en arrière, de trois quarts, arrivée en bout de course elle exécute une brusque poussée à l'oblique qui se combine avec une pression de l'autre main ; Bamonte fronce souvent les sourcils à l'idée qu'il pourrait lui briser la nuque. Les vingt minutes de manipulation se feront toujours dans le plus vaste des silences.

Voilà sans doute venu le moment de décrire ce qu'il arriva au terme d'une pareille séance, un soir du mois de mars. Les paumes de Bamonte s'attardèrent plus que de coutume sur les épaules de sa protégée qui, en se voûtant à peine, les laissa filer sur sa poitrine. A cet instant, elle bomba le torse pour déposer ses seins dans les mains de celui à qui elle n'a cessé jusque-là de s'offrir davantage. Elle pensa qu'elle était, mot pour mot, « en proie à la passion » et elle se voua au bonheur trouble d'être aux prises avec celui qu'elle aimait à appeler « son » géant.

Bamonte posa ses lèvres sur la nuque en la respirant fort. Plus que le baiser ce fut ce geste un peu fruste de la flairer qui, en l'étonnant, la conquit tout à fait. Il libéra les seins de son emprise et descendit le long des flancs. Les cuisses de la jeune fille s'ouvrirent sous ses doigts qui glissèrent plus avant, et Kiêu planta du bout des dents un sourire dans le cœur de Bamonte.

Il la porta dans une pièce de l'appartement qu'il avait pris garde de laisser vide – à seule fin de les accueillir, qui sait ? Elle aima qu'il ait la présence d'esprit, ou le réflexe d'esthète, de lui rattacher sa minerve avant de la dénuder. Elle aima qu'il darde sa langue au creux de son nombril. Elle aima observer combien elle le mettait à présent hors de lui et deviner qu'il avait choisi, à cause de ce qu'elle lui inspirait, d'oublier pour de bon où il avait la tête. Elle aima même le mal qu'il lui fit en prémisse au plaisir.

Il la reprit encore, et encore il sentit que s'engouffrait en lui le souffle opaque du crime.

PRINTEMPS

Bamonte ne portraiture plus Kiêu. Les mises en scène qu'ils échafaudent ne visent plus qu'à varier leurs étreintes. Il a renoncé à son projet d'illustrer une soixantaine des cent vingt-cinq rêves dont traite Freud dans son *Interprétation* : il ne se voit plus accomplir pareil projet. L'une des facettes de ce travail aurait dû revêtir l'aspect d'un hommage à l'œuvre de Michel Siméon qui dessina, avec le concours d'un certain Robert Ariel, une grave et fabuleuse *Aventure psychanalytique*. Mais le cœur n'y est plus comme on dit, puisqu'il appartient désormais « en bloc » – ce sont ses propres mots – à l'adolescente qui semble d'ailleurs souvent en jouer avec le sérieux que mettent les chats à malmener la dépouille d'un moineau.

Ils n'ont pas donné de leurs nouvelles aux gens de Hanoï et vivent rue du 29-Juillet en qualité d'étrangers clandestins. La jeune fille a compris que leur différence d'âge les place dans l'illégalité. Leur serait-il seulement loisible de regagner le monde, ainsi que l'on regagne la surface après une plongée de longue haleine ? En tous les cas Bamonte ne perçoit aucun oracle lui prédire qu'un retour est possible sur la voie qu'il a empruntée.

Notons que le sentiment de fatalité qui envahit Bamonte prend une ampleur proportionnelle aux progrès que fait Kiêu en retrouvant la mémoire. Depuis bientôt huit semaines, en réalité depuis le soir où ils se sont unis pour la première fois, la jeune fille se rappelle par à-coups des bribes de ce que fut son existence avant l'accident.

L'image de sa mère, avec qui elle vécut seule les huit dernières années, revient sous différents angles et la lui montre en diverses situations. L'école, le collège ont réapparu sous la forme de salles de classe, de visages de camarades, d'anecdotes. Il lui semble que sortent peu à peu des ruines où elle évoluait jusqu'à présent les décors et les personnages exacts de sa vie, tandis que cendres et décombres sont relégués en coulisse. Elle ne parvient pas toujours à communiquer à Bamonte l'euphorie que lui procurent ces réminiscences.

Elle a si hâte de guérir qu'elle refuse à l'occasion de revêtir sa minerve, mais après que son bienfaiteur eut transigé à une occasion et qu'elle s'est évanouie en pleine rue, il n'a plus été question de céder à ses caprices. En ce jour du muguet pourtant, Bamonte ne proteste pas quand, au moment de sortir en balade, il voit Kiêu s'avancer la gorge nue vers la porte d'entrée de l'appartement. Il regarde sa peau dont la teinte crémeuse est proche de celle du nénuphar. Il entend presque l'horlogerie de son ossature fonctionner au moindre de ses mouvements. Néanmoins il ne peut s'empêcher de songer au grain de sable glissé dans le mécanisme minutieux des cervicales. Il chausse ses lunettes de soleil et propose, à la grande joie de la convalescente, un tour à la fête foraine.

Aussitôt franchi le fronton multicolore qui signale l'accès à la foire, Kiêu est enchantée par l'ambiance de kermesse qui règne dans les allées. Le sourire aux lèvres, elle passe d'une baraque de confiseur à un train fantôme, d'un entre-sort où l'on peut épier un homme-éléphant à une piste d'autos tamponneuses, d'un distributeur d'horoscopes au dédale d'une boîte-à-rire. Plus loin, au fond du parc, cependant que se profile derrière les grilles le pic d'or de l'obélisque, s'élèvent les structures en chrome et en matière plastique pailletée des manèges. A leurs abords, des murs d'enceinte crachent une musique assourdissante.

Kiêu est tentée par Coney Island Rotor, un large cylindre qui tourne de plus en plus vite, dans lequel le public se trouve plaqué contre la paroi grillagée par la force centrifuge que génère le mécanisme. Elle est sur le point de demander à Bamonte de lui offrir un ticket quand celui-ci, sans un mot, lui désigne un autre manège de l'index, l'attraction vedette de fête foraine : une pieuvre gigantesque, semblable à celle qui attaque le *Nautilus* dans *Vingt mille lieues sous les mers*, tournoie à grande vitesse et brandit en l'air, au bout de chacun de ses tentacules, quatre habitacles biplaces qui tourbillonnent en sens inverse. La puissance des vérins hydrauliques est si développée que les passagers, chahutés avec violence, s'agrippent aux poignées de moleskine de peur d'être éjectés par les cahots du Léviathan.

Au tour suivant, Kiêu, emballée par le spectacle, monte dans l'une des nacelles. Elle rit et envoie des signes de la main en guise d'au revoir. La machine est en marche. D'abord lente, elle atteint en quelques secondes sa vitesse de croisière. Bamonte a baissé les yeux. Autour, sur le terre-plein, des cris d'horreur commencent à retentir. Il ne bouge pas. En lui tout est silence. A présent que la tête de Kiêu ballotte, lamentable, dans le vide, il n'a plus à craindre qu'elle finisse par se souvenir qu'il est son père.

ÉTUDE DE JEUNE FILLE

Ses orteils se sont crispés sur le tissu. Elle a ramené son pied vers le haut d'un mouvement sec, en lui dictant de suivre la ligne d'un arc de cercle intérieur autour de l'axe de son genou, avant de libérer sa prise pour laisser une seconde sa culotte en suspension au niveau de ses mains, le temps de s'en saisir au vol avec virtuosité et de poser la pièce de coton sur la traverse en plastique d'un sèche-linge.

Elle est nue à présent, prête à entrer dans la baignoire qui se remplit sous le bouillonnement des robinets ouverts à plein. La vapeur qu'exhalent les jets d'eau s'est portée en masse sur les parois des deux miroirs accrochés côte à côte au-dessus des lavabos. Elle est soulagée de n'avoir plus à craindre son reflet. Elle veut se sentir ici aussi à l'abri que dans l'aparté d'un monologue intérieur. Elle y parvient, à l'écart de toute idée de jugement, et d'abord loin du regard des autres. La voilà enfermée, qui se déplace à la vitesse de ses pensées, que rien ne presse dans sa tête à l'ovale accompli. Au demeurant, on pourrait se demander si la demoiselle en question n'est pas la chimère du narrateur de ce récit qui en observe l'évolution gracieuse dans sa propre boîte crânienne muée, grâce aux puissances de la rêverie, en un décor de salle de bain.

Ce cabinet de toilette, entièrement carrelé de blanc, brille de toute sa faïence et de tous ses chromes. Si son occupante lui accordait plus d'attention, elle constaterait ainsi que son reflet honni est décuplé à l'envi du sol au plafond. Les tubulures du tuyau de la douche, la pomme de l'engin d'où perle une sueur métallique, les cous des robinets comme penchés pour boire, les chapeaux des siphons piquent l'atmosphère enfumée d'épingles de lumière et enferment l'image de la gamine à l'envers, à l'endroit, selon que le support est convexe ou concave. Elle qui se croit seule ne se verrait pas reproduite à plus d'exemplaires dans les regards d'une foule encerclant l'échafaud sur lequel, jeune sorcière, le ministre de l'inquisition l'aurait fait monter.

Elle s'est appuyée sur le rebord de la vasque de porcelaine de droite, celle qui lui est dévolue depuis que sa famille a emménagé. Elle en ressent une brûlure froide sous l'estampille sinueuse du nombril, comme un déchirement qui n'est pas plus cuisant – pense-t-elle – que celui de perdre sa virginité. Elle s'attarde dans cette position et baisse le nez vers son bas-ventre. Son pubis est presque glabre. Il n'est pas si loin le temps où, justement, elle profitait de la séance du bain pour s'arracher à la main le duvet qui annonçait la pilosité de l'âge nubile.

L'avant-veille au soir, elle a raccourci son léger pelage châtain à l'aide de ciseaux à ongles. Elle a souvent projeté de se raser à blanc. Il lui est même arrivé de faire glisser le rectangle bleu d'une lame de rasoir sur la peau de son aine un peu plus avant que nécessaire dans l'épilation de ce que l'on nomme le « maillot », mais elle s'est arrêtée à la première rougeur. Elle en a conclu que l'usage de la mousse à raser de son père ne serait pas superflu pour l'opération – en évitant d'imaginer les réactions de celui-ci au cas où il découvrirait cet emprunt.

Le bruit de l'eau croît à mesure que la baignoire se remplit. Elle se complaît dans ce vacarme de cascade qui renforce son isolement. Ce bruit lui rappelle une fontaine ombragée de Pampelune où une tête de lion crachait par saccades, comme autant de lames de poignard, des rasades d'eau étincelantes. Elle s'en souvient d'autant mieux qu'elles sont rares, les sensations que l'on rapporte des voyages en famille qui n'ont pas trait à la promiscuité des siens ou à ses propres sautes d'humeur. Et, bien que sa curiosité naturelle ne l'ait pas encore menée dans la cour d'une ferme au mois de septembre, elle compare le débit de l'eau jaillissante à celui du sang qui gicle, au rythme du cœur, de la carotide d'un porc promis à la préparation du boudin.

A l'instant où, d'une poigne ferme, elle coupe l'arrivée d'eau froide puis celle d'eau chaude, elle entend, provenant du rez-de-chaussée, des premières marches de l'escalier pour être exact, la voix de sa mère qui l'avertit qu'ils passeront à table sous peu. A combien de ces interpellations a-t-elle échappé grâce au tumulte des eaux dans la baignoire ? Peu importe, c'est toujours cela de gagné, se dit-elle pour, aussitôt, s'en vouloir de sa désinvolture et se tancer. Après tout, il s'agit bel et bien de son anniversaire ce soir, et ses parents l'attendent déjà – quel que soit ce que sa mère a laissé entendre en lui accordant tout son temps pour se laver. Ils ont préparé ce que l'on appelle d'ordinaire un repas de fête. « Œufs mimosa, pigeonneaux, jardinière de légumes, sénateur au chocolat », récite-t-elle en son for intérieur, avec le ton adéquat qui exprime l'habitude qu'elle a du menu et la routine dans laquelle est confite cette coutume. De toute façon, elle n'y touchera pas.

L'appel de sa mère a eu pour effet de lui remettre son nom en mémoire, Lee Loo, en le faisant sonner dans la maison avec l'éclat du coup de cymbale qui signe l'apothéose en manière d'estocade du *Boléro* de Ravel, la musique favorite entre toutes de son père. Réfugiée dans la salle de bain fermée à double tour, amollie par la chaleur presque palpable de l'air, tout à la jubilation d'être maîtresse d'elle-même comme rarement, elle en avait oublié son propre prénom et, à peine l'eut-elle perçu qui fusait d'en bas qu'elle en a conçu une sorte de mélancolie. Elle ne se serait pour ainsi dire pas sentie tomber autrement, ni de plus haut, si on avait jeté sur sa nudité la défroque de Peau-d'Ane à la place de la robe couleur du Temps qu'elle était en droit d'espérer.

Bien que sa mère lui ait demandé de se hâter, Lee Loo retarde le moment de pénétrer dans son bain. Elle s'est assise sur le rebord de la baignoire et a croisé ses jambes comme l'hirondelle de mer ses ailes au repos. Elle savoure cette minute de complet abandon et plonge sa main droite dans l'onde un rien bleutée. Elle ne s'alanguirait pas d'une autre manière si elle se trouvait à la poupe d'une barque, entraînée au ralenti par quelque taciturne nautonier. Elle retire vite son bras pourtant, avec un geste en forme de réflexe semblable à celui qui aurait été le sien si, sur le point de basculer dans le sommeil et de chuter en arrière, elle ne s'était ressaisie in extremis, avertie du péril qui la guette par certaine alerte intime.

L'eau brûlante l'a mordue. Lee Loo souffle sur ses longs doigts avec application, parcourue par une vague de malaise qui fait naître la chair de poule de ses pieds à sa tête. Elle interprète cette douleur comme un signe de mauvais augure, la manifestation du danger qu'elle devine hanter son corps depuis la fin de l'après-midi, depuis que le vigile du complexe sportif a fait d'elle une femme selon l'expression convenue.

Est-ce Lee Loo ou bien est-ce le narrateur de ce récit qui infléchit maintenant le cours de cette histoire ? Nul ne le sait mais, alors que l'on serait en droit d'attendre de plus larges développements quant à ce que l'on vient d'apprendre des dernières heures vécues par la jeune fille – d'abord de l'événement qui bouleverse son existence, et que l'on s'accordera à nommer son dépucelage –, il nous est donné de nous attarder sans autre forme de transition au chapitre de ce que la sérieuse jeunesse intitulerait sa « raison d'être », je veux dire sa passion pour le plongeon.

En effet, tandis qu'elle souffle sur sa main échaudée, Lee Loo se souvient, à la suite d'une association d'idées dont il serait difficile de rembobiner le fil, de sa première tentative en la matière. Elle était simple nageuse à l'époque. Elle s'était avancée sur le plongeoir lors d'une pause pendant son exercice d'endurance à la brasse. Ses bras s'étaient machinalement élevés au-dessus de sa tête, ses jambes s'étaient appesanties le plus lourdement possible sur la planche souple. Profitant de l'oscillation du tremplin, semblable à celle d'un pendule, tout son corps avait été propulsé dans les airs selon une technique très en deçà des normes académiques. Il lui avait cependant semblé qu'une main de géant s'était emparée de son corps pour le projeter dans l'espace au mépris de toute force de gravité. L'impression de vertige procurée par l'envol avait été violente, ainsi que la griserie liée à la vitesse. De cette ivresse, elle voulut sur-le-champ retrouver le goût. Dès ce jour, elle ne cessa de se perfectionner.

Après les heures d'étude au collège, elle se glissait deux ou trois fois par semaine dans le grand bassin de la piscine municipale, dont le dôme alvéolé n'est pas sans rappeler la cloison d'une ruche. Sa première tâche fut d'améliorer la position de son corps, car l'exécution d'un plongeon correct dépend en majeure partie de la prise d'appel et de la coordination des gestes à exécuter durant cette étape initiale. Lee Loo apprit à maintenir sa tête droite et son regard dirigé sur l'extrémité du tremplin, les épaules basses, les omoplates serrées, le ventre rentré, les jambes tendues et les paumes des mains tournées face aux cuisses. Elle élabora un élan d'au moins trois pas qu'elle achevait par un saut à cloche-pied très ample. Quand la jambe d'appel avait atteint son extension complète, la jambe libre s'élevait par le genou de façon que la cuisse soit à peu près à l'horizontale. Dès qu'elle avait atteint son point culminant, elle se préparait à reprendre contact avec la planche pour l'enfoncer au maximum et profiter de son fouet le plus puissant. L'énergie cinétique déployée lors de la chute sur le plongeoir et celle due à l'élévation rapide des bras se transformaient en force de réaction qui la catapultait en l'air.

L'autre phase cruciale du plongeon étant l'entrée dans l'eau, elle s'entraîna pour l'améliorer. Dans l'idéal, l'axe de la colonne vertébrale doit être perpendiculaire à la surface de l'eau de façon que l'ensemble du corps passe par le point d'impact des mains, le but visé consistant à éviter toute éclaboussure et à amoindrir autant que possible le bouillonnement produit par l'immersion. Il entre dans ce défi une notion de jeu bien dans l'esprit de Lee Loo ; en somme, il s'agissait pour elle de ne pas faire de vagues.

Entre sa prise d'appel et la perforation de la nappe turquoise, elle développait des sauts carpés, groupés ou périlleux, des vrilles ou des « diaboliques » en arrière, avec une maîtrise qui allait croissant. Son élégance aérienne devint incontestable. Elle se plut alors à prendre le risque des sauts de l'ange à cinq mètres de hauteur. Elle retirait une espèce de jouissance, il n'y a pas d'autre mot, à imposer à son corps la pression foudroyante de la chute et du choc aquatique; ce tour de force équivalait à tomber du septième ciel, au bord de la perte de connaissance, en un élément qu'il serait facile de qualifier d'amniotique. Elle se sentait toute-puissante à l'idée qu'au plus extrême de cet état d'inconscience son esprit gouvernait encore ses mouvements, la combinaison précise de ses muscles avec ses nerfs, jusqu'à la lancer au centre d'une cible étroite comme s'il avait été l'arc et elle-même la flèche. Cause ou conséquence, elle acquit peu à peu la certitude d'être en mesure d'influer sur la matière par le seul pouvoir de sa pensée. Bien sûr, elle taisait cette conviction qui l'animait de plus en plus car elle ne doutait pas qu'on jugerait folie sa foi fanatique en la souveraineté de ses facultés mentales. Elle n'était pas loin de se croire capable de tordre ses membres en dépit des lois de la physiologie, de voler pourquoi pas, de pousser enfin son corps à des limites contre nature.

Sa mère assistait à tous ses entraînements ainsi qu'aux compétitions qui la voyaient souvent l'emporter haut la main. Lee Loo jetait parfois un œil en direction des tribunes plus ou moins garnies, histoire de vérifier qu'elle y distinguerait la silhouette inquiète de cette femme à l'éternel bandeau noir. Cette après-midi aussi ladite dame était installée dans les gradins, mais elle avait dû s'éclipser avant la fin de la séance pour préparer le dîner d'anniversaire. Lee Loo y songe peut-être soudain parce qu'elle vient de l'entendre l'appeler de nouveau, un pied posé sur la première marche de l'escalier, sur un ton qui dénote à présent l'agacement.

Néanmoins, elle n'entre pas dans la baignoire. Elle imagine la mine de ses parents qui l'attendent avant de changer d'attitude et de la convier illico aux agapes en l'honneur de sa dix-septième année. Elle s'en veut de leur imposer pareil délai, mais c'est plus fort qu'elle, dirait-on. Elle ne remet pas en cause la douceur secrète de son père ni l'abnégation de sa mère – une affection qui relève plutôt du genre de relation qu'entretiennent deux camarades que des rapports qui s'établissent entre une génitrice et son enfant. Malgré cela, elle retarde le moment de se glisser dans l'eau, prolongeant par là même l'expectative des siens, la torture mineure qu'elle opère ainsi sur eux.

La buée s'évapore du plan qu'agencent ensemble les deux miroirs : il va être temps de pénétrer dans l'eau. Si Lee Loo lambine davantage, elle se verra apparaître dans la glace qui lui fait face. Elle se surprendra alors aussi nue et dure que le tranchant d'une arme blanche, et il ne lui sera pas permis d'échapper au verdict qu'elle aura envie de prononcer à son encontre. Bien que ses côtes, ses clavicules, ses tibias se dessinent à fleur de peau, bien que ses seins – adorables museaux de faons – aient disparu sous son torse de garçon, elle se trouvera énorme. Ses dernières semaines d'efforts lui paraîtront vaines et elle considérera sa pensée défaillante qui ne lui a pas permis de traduire plus nettement sur son apparence les privations d'aliments auxquelles elle s'est soumise.

Sa maigreur ne choque encore personne, semble-t-il ; à moins que l'empressement de sa mère à la nourrir, ce soir en particulier, ne soit la marque d'une crainte inavouée. Cela dit, entre autres exemples, le vigile non plus n'a pas été rebuté par la consomption de Lee Loo, lui surtout dont on aurait attendu l'éveil de la concupiscence au spectacle de plongeuses plus en chair. Ainsi la jeune fille retrouve au gré de sa méditation celui qui s'installa souvent dans les gradins pour l'observer avant de l'emmener avec lui aujourd'hui – il n'est toutefois pas inconcevable que ce soit le narrateur de ce récit qui revienne déjà à ce qu'il considérait être plus haut les véritables moutons du lecteur.

Elle avait vite repéré le bonhomme : il s'asseyait à côté de sa mère à la fin de l'entraînement, avant le début de ses rondes nocturnes. Tout lui déplaisait chez lui : son crâne rasé, son blouson et ses chaussures d'aspect paramilitaire. Elle aimait cependant l'ascendant qu'elle subodorait avoir sur lui, et la docilité qu'elle pourrait en conséquence mimer avec plus de justesse sous le joug de sa mâle autorité.

Elle l'a suivi au sortir des vestiaires comme si elle avait toujours su que c'était ce moloch qui allait se charger de la déflorer. Il n'était pas de garde ce soir ; elle n'a pas douté de la teneur de son désir. Il a posé sa main sur son cou quand il a ouvert la porte arrière de sa camionnette. Elle s'est couchée sur une parka matelassée étalée là qui empestait l'eau de toilette de la fille l'ayant précédée. Elle s'est dit qu'elle n'avait plus rien à faire sinon à obéir au vigile muet. Elle aurait pu être heureuse qu'il use d'elle de la manière qu'elle avait prévu. Elle aurait pu être résignée et s'apprêter à décamper, dans la tête une phrase pour solde de tout compte « C'est fait, c'est fait ». Elle aurait pu pleurer de n'avoir pas trouvé meilleure oblation pour ravir son corps qui ne saigne plus depuis trois mois.

Elle a préféré se mordre les lèvres quand l'objet martial du vigile l'a surprise puis s'est retiré de son ventre ivoirin, et sauter du coffre du véhicule son pantalon à peine refermé sur le coton de sa culotte. Au murmure du vigile « Hé, comment t'appelles-tu ? », Lee Loo n'a pas répondu mais, à cet instant, alors que tout en elle l'invitait à n'en rien faire, elle s'est retournée. Ensuite, elle a marché pour rentrer. Son ombre la doublait sous chaque réverbère.

A présent sa mère frappe à la porte de la salle de bain. Elle ne l'entend pas : tout son corps immobile est immergé. De petites bulles constellent ses cils et ses narines. Elle fixe le plafond de la pièce comme du plus profond d'un puits. Les bords de la baignoire encadrent l'univers à la façon de certaines gravures maniéristes représentant des miroirs circulaires. Il semble à Lee Loo que ses membres, son tronc, sa tête se délitent grain après grain, qu'elle a été transformée en statue de sel. Ses proches connaissent-ils le sort de la femme de Lot dont on l'a entretenue en instruction religieuse cette semaine ? Est-il seulement plausible qu'elle fonde tout à fait dans un bain au goût de larmes ? Elle ne le saura pas comme elle ne saura pas qu'en ce moment ses parents tentent d'enfoncer la porte à grands coups d'épaule.

TROIS TEMPS

MIDI

Miremort relit une dernière fois l'article qu'il s'apprête à envoyer à la revue *L'Œil*, dans le cas où une faute quelconque lui serait passée sous le nez sans qu'il s'en aperçoive.

« Aux derniers innocents qui attendent d'un artiste qu'il cherche assez profond en lui pour s'emparer de ce qui touche à tous les hommes et qu'il aspire de la sorte à une forme d'œuvre aussi singulière qu'universelle, nous conseillerons sur-le-champ de prendre connaissance, si ce n'est déjà fait, du travail qu'accomplit, hors de portée des couacs émis par les trompettes de la déesse Renommée et depuis bientôt un demi-siècle, l'intrigant Louis Pons.

« On ne nous prouvera pas encore le contraire cette année : rien de mieux partagés sur la planète Terre que le charme et l'épouvante du rêve. Or ce sont justement vers ces contrées, celles du cauchemar et de la sensation trouble, que nous transportent les textes, les dessins, les assemblages de qui nous occupe aujourd'hui – et ce, toujours pour notre joie.

« Curieuse expérience en réalité que d'être mis en présence d'objets ou de mots incomparables à plus d'un titre qui, pourtant, nous rappellent immanquablement "quelque chose". Car l'Alchimiste en question fait surgir de son chaudron mille étrangetés qui se révèlent être autant de bribes de notre passé enfoui. On le comprend alors lorsqu'il déclare, avec l'orgueil qu'engendre la véritable humilité, que ceux qui achètent ses œuvres acquièrent un peu de leur propre histoire.

« Nous-même, à l'occasion de la rétrospective qui lui est consacrée à la Halle Saint-Pierre tout au long de l'été, devant ces scènes traduites de la nuit et ces espèces de bas-reliefs aux figures effarées, avons pris un plaisir particulier à nous souvenir de nos craintes les plus ancestrales.

« Devrions-nous entrer dans le détail de ce qui nous est proposé lors de cette exposition, nous aurions beau jeu de distinguer dans l'œuvre deux parties que le talent de Pons tient aussi liées l'une à l'autre que les deux faces de Janus : l'expression graphique d'un côté, les assemblages – ou montages – de l'autre.

« Nous ne serions d'ailleurs pas entièrement ridicule à scinder de cette façon ce qui procède d'une même nécessité – comme on dit quand on ne rechigne pas à sortir de sa poubelle de lieux communs un terme galvaudé –, dans la mesure où, d'un point de vue chronologique, les dessins précèdent le reste des travaux et occupent à eux seuls les dix premières années de création de l'artiste.

« Machines de tortures inédites, créatures se blottissant dans un coin comme au matin d'une exécution, masques à cornes et à pinces d'insectes improbables, fœtus enroulés dans une résille de boue, bonshommes aux profils de rongeurs qui guettent du fond de leur misère ne serait-ce qu'un signe de clémence, chacune de ces images est taillée dans la feuille à coups de plumes Sergent-Major, mais l'on dirait qu'un corbeau l'a tracée de sa griffe charbonneuse dans un accès de rage.

« La noirceur de l'ensemble n'a pas son pareil – "La mort est un ennemi supérieur en ombres", écrivait André Ruellan – cependant, à l'intention de ceux qui n'oublient jamais le guide dès lors qu'ils entrent en terre inconnue, nous pourrions invoquer en guise de repère dans le panorama des grands griffonneurs d'infortune où notre homme occupe l'une des premières places les noms de Redon, de Kubin – auquel il a consacré l'une de ses vanités en pièces détachées – et plus près de nous de Giger ou de Beksinski.

« N'essayons pas de suivre en tous ses détours la biographie de Louis Pons, ni ses déplacements des Alpes-Maritimes, où il naquit en 1927, jusqu'à Paris, dans le XVe arrondissement, où il vit à présent ; il faudrait y accuser une absence de discrétion qui ne lui ressemblerait pas. Néanmoins, on nous excusera de nous attarder un instant sur une époque cruciale de son existence, à la fin des années soixante, quand l'artiste est victime d'un problème oculaire l'empêchant définitivement de focaliser sa vision sur son sujet, assez grave pour le contraindre à abandonner le dessin – sinon dans les lettres qu'il envoie à ses amis – et à se consacrer à des assemblages.

« On aura remarqué qu'à ce passage à la sculpture correspond la découverte de la couleur et, en conséquence, de ce qui chez Pons n'est pas sans imposer l'idée – à prendre d'ordinaire avec des pincettes – d'*harmonie*. Son travail, se nuançant, gagne en force : à la grossièreté, à la diversité des matériaux employés, à la cruauté des tableaux qu'il met en scène et en relief, s'oppose désormais le raffinement – oserons-nous dire la délicatesse ? – des teintes dans lesquelles il baigne ces dernières : le monde n'est plus si noir, plutôt pareil à un lagon chatoyant, un lagon infesté de charognards s'entend.

« A partir des éléments frustes qu'il glane ici et là, Louis Pons compose des ex-voto en vrac, des reliquaires d'enfance. Il assemble, érige, casse et raccorde morceaux de bois et fil à plomb, jouets et pinces à linge, ossements et ficelles, chaussures et chiffons, sifflets et bobines – la liste est infinie –, sur des panneaux de porte ou dans des boîtes afin que se déploient ou se dressent devant lui des retables à l'incongruité détonante. (A ce propos, on aura souvent cru relever sur ces derniers, à la dérobée, la forme générale d'un sexe féminin, mais sans doute s'agit-il d'un effet de projection de type Rorschach dont l'amateur se sera rendu coupable.)

« La nécessité non pas d'inventer mais de redonner vie nourrit cette manière – cet art – d'accommoder les restes. C'est qu'il est moins question de création que de résurrection dans cette sorte de sculpture. Et d'évoquer en filigrane les traumatismes dont certains tentent de se remettre comme les ruines que l'ensemble d'une culture catastrophée n'a pas fini de déblayer.

« Il serait aussi fastidieux qu'inutile de décrire un par un ces montages nés des décombres ; il suffira peut-être de donner ici un exemple pour suggérer la qualité d'émotion qu'ils suscitent comme la loi symbolique qui les anime sous le règne apparent de l'aléatoire : dans *Le Silence* (1979) une paire de ciseaux ouverte représente le nœud papillon d'un personnage grêle.

« Ceux qui auront eu la patience de nous suivre jusque-là ne nous feront pas grief d'insister une minute sur un thème de l'artiste qui revient au fil des ans tel un leitmotiv. Plus que nombreux sont en effet les assemblages qui usent de cadavres d'animaux séchés – rats et oiseaux de préférence – en les incluant dans une modeste narration. On ne voit guère que Bosch en peinture et Michaux en poésie – « Quand la maladie, aidée des tambours de la fièvre, entreprend une grande battue dans les forêts de l'être, si riche en animaux, que n'en sort-il pas ! » écrit ce dernier dans *Lointain intérieur* – pour avoir su constituer si considérable bestiaire.

« On aurait toutefois tort de laisser penser que le travail de Louis Pons est tout entier placé sous le signe de l'effroi. L'humour – Pons a le génie de ces titres qui, semblables à des clés ou à des formules magiques, ouvrent le sens d'une œuvre – et surtout la tendresse constituent dans sa production un fil conducteur qui pourrait bien caractériser, en ce qui concerne sa sensibilité, ce qu'il serait judicieux d'appeler le fond de l'affaire. En ce dernier cas, puisque c'est de pudeur qu'il est question, nous préférons ne pas mener plus avant l'exégèse et confier à ceux qui en auront le cœur le soin de vérifier notre sentiment.

« S'ils possèdent quelque savoir, ces visiteurs de la Halle Saint-Pierre, un haut lieu du genre, auront vite fait de cataloguer le travail de Louis Pons dans le domaine de l'Art brut. Bien qu'aujourd'hui la formule susdite englobe des univers aussi disparates que ceux d'un Jephan de Villiers, d'un Pujolle ou d'une Christine Sepholosha – privilège de glisser en contrebande dans un article certains noms d'individus d'exception vers lesquels, avec un peu de chance, se reporteront un ou deux curieux –, nous ne ménagerons pas notre assentiment au port de cette étiquette qui recouvre des formes d'expression au centre desquelles la sensation et l'imaginaire bénéficient de la place souveraine qui leur est due et dont, cependant, la pertinence en regard de notre temps n'est plus à démontrer.

« Au risque d'ouvrir un peu tard ce texte à tous les vents – d'ailleurs pourquoi pas ? – qu'il nous soit ici permis de dédier cet article à celle qui nous initia à cette branche de l'art qui a accueilli Louis Pons et sur laquelle les outsiders, les solitaires ne se payant pas de mots, les réfractaires de tout poil trouvent refuge. Elle confectionnait des tapisseries étranges à partir de chevelures récupérées chez des coiffeurs ; elle portait elle-même une toison rousse qui, sous la main, crépitait d'étincelles ; elle se prénommait Sarah. »

Il supprime l'adjectif qu'il avait accolé au mot *tapisseries* et plie les feuilles dactylographiées qu'il glisse dans leur enveloppe. Il sort du café où il s'était assis pour procéder à ses ultimes corrections et se dirige vers la poste qui, en cette heure matinale, est littéralement éclaboussée de soleil.

TROIS HEURES APRÈS

Isild touche le sol de la paume de ses mains, de ses genoux et de la pointe de ses orteils. Un peu de buée couvre les tomettes au contact de sa peau. On dirait que les naseaux d'un bœuf ont soufflé dessus une haleine brûlante. Au vrai, elle est en nage et dispense à la pierre froide la rosée de sa transpiration.

Elle entend, montant de la rue et passant entre les volets qu'elle devine entrouverts, les bruits des voitures qui se garent, les claquements de talons des femmes. Elle se plaît à être ainsi placée dans la posture même de la soumission, à quatre pattes, on ne peut plus nue – n'était le tissu sur ses yeux –, alors qu'à deux pas s'affaire et s'ennuie la foule inconsciente de l'activité à laquelle elle se livre. La ville entière jugerait ses agissements d'autant plus obscènes qu'elle s'y adonne en cachette : aucun crime n'irrite la vindicte populaire comme un plaisir secret.

Elle ignore le cadre dans lequel il lui est doux d'être forcée. Pas une fois en une semaine elle n'a dérogé à la règle qui veut qu'elle ne voie rien de ce qui l'entoure au moment d'être prise et de prendre. Miremort l'aveugle avec une cravate noire dans la cour pavée de son immeuble, la conduit en haut d'un escalier de service en colimaçon, puis le long d'un dédale de couloirs aux murs lépreux encombrés d'objets et de meubles à l'abandon sur lesquels elle se heurte parfois.

D'après ce que ses sens lui ont communiqué, elle ne doit pas se trouver dans une pièce de vastes dimensions, plutôt au centre d'un studio bas de plafond, perché sous les combles et vide de tout mobilier puisque ses cris résonnent ici sans être le moindrement atténués.

Son odorat ne l'informe que de l'état d'exaltation dans lequel tombe son hôte lorsqu'il s'approche d'elle, et du sien quand l'un de ses mouvements accompli en vue d'assurer son équilibre ou d'éviter une crampe libère, tantôt d'entre ses cuisses, tantôt de ses aisselles, une odeur animale qui certes l'étonne par sa vigueur mais ne la rebute pas. Elle inspire au contraire profondément l'effluve et s'en délecte comme du parfum d'une volupté primitive dont son corps mieux qu'elle-même a gardé la mémoire.

Elle sent que tapote sur sa joue, au plus près de sa bouche asséchée, l'extrémité lourde du sexe de celui qui la reçoit. A mesure que les chocs se succèdent, la calotte de chair se retourne sur le gland et, comme par un fait exprès, la jeune femme s'en empare d'un hochement de tête à l'instant où ce dernier est entièrement dégagé.

Son bandeau ne la gêne plus en rien : elle a fermé les yeux et s'emplit jusqu'au gosier du membre gonflé à l'extrême. De ses lèvres froncées, elle imprime une pression sur la verge et pratique un lent va-et-vient : elle la sent à présent qui bat à son palais, signe que la semence monte et s'apprête à jaillir. Afin de calmer le jeu une seconde – à moins qu'elle ne le corse – elle déroule du bout de la langue la bogue élastique.

Ensuite, elle répète sa caresse et monte et descend le plus consciencieusement possible le long de l'arme virile. A la lettre, l'eau lui est montée à la bouche. Elle manque de s'étouffer en tentant d'avaler le flot de salive qui inonde sa gorge sans lâcher la proie qui l'occupe de toute son enflure. Elle doit pourtant s'en défaire pour tousser, cracher et esquisser un réflexe de nausée. Miremort ne lui laisse cependant pas le temps de se remettre et au moment où il voit deux larmes couler sur la face défaite d'Isild il la contraint, en empoignant sa nuque, à le reprendre en bouche aussitôt.

Bien qu'elle ait toutes les raisons de repousser là son offenseur, elle ne bronche pas et se plie à sa volonté.

Depuis qu'il l'a déjupée elle n'a pas quitté sa pose abaissée. Ses mains, ses genoux et ses orteils n'ont pas décollé du dallage écarlate. Il semble qu'elle y soit arrimée par quelque lien invisible. Sans doute est-ce celui qu'elle a tissé elle-même en suivant Miremort sans mot dire.

Il l'a abordée dans la rue Saint-Benoît et elle a

reconnu l'homme qui venait de la dévisager longuement à l'étage du café de Flore. Il l'a tout de suite touchée au plus intime en lui confiant à brûle-pourpoint son envie de lui poser un bandeau sur les yeux et de la mener en un lieu où il donnerait libre cours à son désir d'elle. « Votre regard brille avec une acuité qui m'est insupportable », a-t-il déclaré pour expliquer l'impatience dans laquelle il était de la voir aveugle. Il ne pouvait mesurer l'émotion qu'il suscitait en elle car il ignorait le risque qu'elle avait encouru, des années auparavant, de perdre la vue, et la grave opération qu'elle avait subie pour remédier à cette menace. Parce que l'expérience de la cécité qui lui était proposée l'effrayait et l'attirait à la fois, et parce que les mains du bourreau la séduisaient, elle consentit à être la Belle de cette Bête.

Miremort avait d'abord été intrigué par le quatuor qu'elle formait, sur l'une des banquettes beiges du café, avec trois Japonaises dont les vêtures sophistiquées – treillis militaires et très hauts talons – permettaient de déduire qu'elles officiaient dans le monde de la mode. Isild quant à elle portait un chemisier à col montant avec collerette de dentelle qui n'était plus au goût du jour mais qui, en raison même de sa désuétude, devait se distinguer par ce côté « avant-garde » après quoi la frange de la population la plus soucieuse des apparences ne cesse de courir.

C'était donc moins leurs habits que le tableau qu'elles composaient qui l'avait enchanté : on eût dit Uranie, la déesse nymphe assistée de ses cadettes, les trois Parques, auxquelles, au solstice d'été, on sacrifie le roi. Il avait écouté le parler nippon de l'Européenne et s'était dit qu'il ne sait rien de plus envoûtant qu'une langue étrangère dans la bouche d'une inconnue. A peine s'était-il fait cette remarque que ses yeux avaient croisé le regard d'Isild. Pour le coup, il avait éprouvé une fascination véritable, au point qu'il lui avait fallu détourner la tête afin de ne pas indisposer sa vis-à-vis avec son trouble. Un sentiment de nostalgie l'avait ensuite traversé, ainsi qu'un remords.

En sept jours, Isild l'a rejoint à sept reprises dans la cour de son immeuble. Elle n'a pas pris à la légère le désir qu'a éveillé en elle celui qu'elle a inspiré à Miremort. Rendue infirme, elle aime ne pas avoir accès à l'image du corps de son ravisseur : il a en conséquence les attributs d'un monstre. Des mains, des yeux, des bouches innombrables se jouent d'elle quand un seul sexe insolent force sa chair docile.

A présent qu'elle a dûment sucé son mâle appareil, il saisit Isild aux poignets, la redresse et la met debout. Un vertige la bouleverse : elle s'appuie de tout son poids contre celui qui mène la danse. Elle a plié un genou et lève son visage affolé vers le plafond, comme en quête de lumière. Lui, a retiré son buste vers l'arrière pour accentuer l'instabilité de la jeune femme.

D'autorité, Miremort déplace sa captive de quelques pas puis la rejette à terre : la voilà qui gît à plat ventre. Il s'agenouille, glisse sa tête entre les cuisses écartées et agace de la langue ce dont l'onction trahit l'émoi. Comme il constate que la volonté manque désormais à

Isild de lui interdire sa croupe, il s'enfonce entre ses fesses, au creux de l'orifice qu'un théologien luthérien – littérateur au demeurant – se plaît dans l'une de ses soties à nommer le vacuum.

Si le passage qu'a emprunté Miremort n'est pas des plus lisses, il ne nuit pas au crescendo du plaisir d'Isild. Cependant qu'il la fout et qu'elle s'échauffe dans la plus conciliante des attitudes, un retournement s'opère dans l'esprit de la jeune femme. Elle ôte alors son bandeau d'un geste brusque et se découvre, prise à revers par son amant, dans le reflet qu'expose devant elle un large et poussiéreux trumeau. Son regard ricoche sur le miroir et vient se ficher dans celui de Miremort qui vacille, médusé. Un même cri les unit en cette ultime seconde.

DIX ANS PLUS TÔT

Sarah vient de mourir. Pendant quelques instants encore, avant que trois infirmières entrent dans la chambre 234, son corps restera seul étendu sur le désordre des draps blancs. Elle s'est éteinte au cours de son sommeil. Un témoin pourrait en profiter pour observer avec recueillement le soleil rouge de sa chevelure, sa silhouette que la maigreur allonge, sa main droite posée à plat sur son torse et la gauche qui pend en dehors du lit montrant le sol de l'index et, peut-être, la direction qu'il lui restait à prendre.

Les os de l'adolescente saillent sous l'épiderme,

notamment les mandibules de la mâchoire et le menton. Sa peau brille en raison de la crème hydratante dont elle s'enduisait chaque jour pour éviter autant que possible gerçures et escarres. Son visage penche sur le côté. Les traits de ses sourcils ne sont pas minces mais s'échappent en s'effilant vers ses tempes de renarde. Le nez est droit ; ses ailes sont piquées d'un essaim de taches de rousseur : encore brillantes sous la couche de *dermophile indien*, ses lèvres semblent avoir été façonnées dans la chair d'un litchi.

Son port de tête donne à son allure la dignité manifeste dont la parerait un dernier refus exprimé au seuil de la mort. A quoi ou à qui a-t-elle préféré présenter, sa dernière heure venue, pareille fin de non-recevoir ? Notre témoin endeuillé n'aurait pas le temps de répondre à cette interrogation : les infirmières viennent de faire irruption dans la pièce et constatent qu'un arrêt cardiaque est à l'origine du décès. L'une d'entre elles retire du bras droit de la jeune fille l'aiguille de la perfusion qui l'alimentait depuis trois mois.

Les gardes-malades s'immobilisent autour du lit, figurant ainsi les statues du mausolée de Béthulie au centre duquel repose la courageuse Judith. Ensuite elles soulèvent la trop frêle Sarah et l'allongent sous le drap d'un brancard à roulettes. Il leur suffit à présent de traverser le couloir pour conduire le triste convoi dans l'un des ascenseurs de l'hôpital. Au moment où la porte métallique se referme sur la cabine, l'une des soignantes soupire – sur le ton de l'amatrice d'histoires cucul la praline : « Il ne sera donc pas venu. » A n'en pas douter elle a en tête celui à qui la morte a longtemps écrit, sur le compte de qui elle tentait d'en savoir plus long. Elle ne recevait pas la moindre réponse : Sarah ne parlait pas plus qu'elle n'envoyait ses missives.

La jeune fille avait rencontré Miremort – puisque c'est bien de lui qu'il s'agit – l'année précédente, dans un wagon du métro, station Réaumur-Sébastopol, pour être précis. Son attention avait été captée par le passager qui ne la quittait pas des yeux jusqu'au moment où elle tournait vers lui les grandes émeraudes de ses iris et que le masque de l'indifférence tombait sur la face de l'intéressé.

Pourtant, après que le wagon se fut délesté en deux arrêts de la majeure partie des voyageurs, l'homme habillé de noir s'était levé et était venu s'asseoir sur le siège situé en face de Sarah. Il avait assez écarté les jambes pour que leurs genoux ne se frôlent pas ; les cuisses de l'adolescente étaient toutefois tellement avancées entre celles de Miremort que des contacts se multiplièrent, au gré des cahots du train, entre la peau amande de celle-là – elle portait une robe courte – et la toile du pantalon de celui-ci.

Il attendit de la voir réprimer un sourire pour lui adresser la parole : lui était-il permis de l'accompagner, où qu'elle se rende ? Elle ne répondit que par un haussement d'épaules, laissant sous-entendre qu'il était libre d'agir comme bon lui semblait.

A l'évidence, cet homme avait au moins le double de son âge et, si Sarah avait l'habitude d'être accostée par une quantité de messieurs, elle avait aussi pour coutume de les fuir car, outre la règle de méfiance envers les adultes trop liants que lui imposaient ses parents et à laquelle elle se pliait sans discuter, elle ne pouvait s'empêcher d'éprouver à l'égard de ces individus une sorte de pitié absolument à l'opposé du désir qu'ils croyaient être en mesure de susciter en elle.

En l'occurrence, quand bien même elle aurait eu envie de s'interroger au sujet de ce qui la séduisait chez Miremort, elle n'aurait pas su sonder assez loin ses sentiments pour invoquer une raison moins vague que le « charme » qu'elle lui prêtait. Plus tard, en se questionnant lors de ses premières semaines d'hospitalisation, elle comprendrait que l'impression qu'il donnait d'avoir conquis d'autres jeunes filles avec qui elle aurait pu s'entendre avait joué pour beaucoup en sa faveur.

Ils étaient descendus sur le quai de la station Barbès-Rochechouart, qui, ligne 4, est aménagé dans une légère courbe. Ils avaient marché sous la voûte carrelée d'émail des couloirs et retrouvé l'air libre au milieu d'un tourbillon de prospectus que distribuaient par poignées des marabouts. Sarah n'avait pas dit un mot et Miremort l'avait suivie un peu en retrait jusqu'à la Halle Saint-Pierre sous la charpente métallique de laquelle il n'avait jamais pénétré.

Il avait été stricto sensu abasourdi à la vision des poupées de chiffon de Nedjar qu'on exposait ce jour-là. Ces « Chairdames », comme les appelle l'artiste, semblaient avoir été longuement mâchées par la terre avant d'être exhumées et accrochées, à la manière de momies ou de fétiches, sur les panneaux de la galerie. A ce moment la main de l'homme en noir, telle une buse aux ailes déployées, s'était abattue avec douceur sur la nuque de la jeune fille, qui avait jeté la tête en arrière en signe d'abandon.

Dès lors, ils ne se quitteront plus. Entre les quatre murs du studio de l'adulte, l'adolescente apprendra ce que c'est que d'être rompue aux usages du plaisir. Il exigera tout d'elle, à l'exception – elle est de taille – de sa virginité. Ainsi, il arrivera que la jeune fille, frustrée de ne pas voir le visage de son partenaire qui ne la prenait que par ce qu'elle avait de commun avec les garçons, débarque chez lui un miroir sous le bras afin de pouvoir se rincer l'œil – la formule est parlante – dans l'eau de la psyché et de profiter du spectacle qu'il offrait dans son dos.

Rien d'original ici : tout s'accélère quand la Faucheuse se profile à l'horizon. Lorsque ses parents auront vent de la liaison hors norme que Sarah entretient, ils s'y opposeront et Miremort ne résistera pas longtemps à leur menace de procès : il disparaîtra sans plus jamais demander de nouvelles de sa jeune maîtresse.

Elle abandonnera les tapisseries étranges qu'elle tissait en secret et à la valeur desquelles elle s'était mise à croire sous l'influence de son amant. Elle refusera peu à peu de manger et verra bientôt dans son admission à l'hôpital le moyen d'être libérée de l'emprise des siens. Il ne lui sera néanmoins pas possible de recouvrer la santé : son corps ne cessera plus de se décharner.

Maintenant que sa dépouille a glissé dans la froide obscurité d'un des tiroirs de la morgue, les infirmières consultent son dossier et s'aperçoivent qu'il y a deux ans de cela ses parents ont signé à l'intention de l'hôpital une autorisation de prélever, en cas de décès, des organes sur la personne de leur fille.

Chambre 232, trois étages plus haut, une adolescente, Isild de son prénom, atteinte d'un leucome, attend depuis deux semaines qu'on puisse procéder sur elle à une greffe de cornée.

ROMAN GOUTTE

1

Chaque matin, quand il ouvre des deux bras les portes de la galerie, en un mouvement qu'il se plaît à arrêter et qui le laisse l'espace d'une minute comme crucifié dos au grand hall, il ne peut s'empêcher d'imaginer que s'avance à sa rencontre, sur le point de l'écraser, la foule lancée au galop du troupeau des squelettes. Au-dessous du taillis des os des corps que la perspective enchevêtre, cent crânes aux orbites de ténèbres et aux mimiques hilares orientent vers lui une course qui, passé le moment de la surprise, se révèle suspendue.

Son regard attrape aussitôt les cous de girafes qui s'élèvent de part et d'autre de l'étrange mêlée, suggérant l'idée que le désir de symétrie a présidé à l'ordre dans lequel est disposé ce qui est d'abord apparu comme la plus macabre des cohues. Au fond, l'énorme masse blanche d'une tête de baleine à fanons se dresse, pareille à Moby Dick sous l'œil halluciné d'Achab, et ferme la marche.

Il est temps pour lui de sortir du point de mire où son

arrivée lui commande de se placer tous les jours et de contourner l'assemblée centrale en nommant par réflexe chaque spécimen de ce qui n'est plus une panthère, un rhinocéros, un dromadaire, mais toute la ménagerie du musée qu'on jurerait décharnée, pétrifiée ad vitam aeternam, sous un même éclair d'orage.

Ici commence la première des cinq rondes qu'il effectue au quotidien. Il vérifie que durant la nuit aucun dommage n'a été causé à la collection de la salle d'anatomie comparée puis, à l'étage, à celle de paléontologie. Il passe du pavillon Nord au pavillon Sud, de la tourelle Est à la tourelle Ouest, empruntant de préférence la voie haut perchée que ménagent des balcons le long des murs des deux galeries.

Il prend plaisir à faire résonner les talons de ses boots sur le plancher marqueté qui couvre tous les sols du bâtiment. Le bruit de son pas est celui d'un mécanisme d'horlogerie ; en un tel lieu où tout semble figé un siècle après la vie, le temps qu'il évoque ainsi de sa marche métronomique porte la touche finale à une vanité d'un genre particulier, profuse et animalière, telle qu'on pourrait la rêver en trois dimensions.

Le Muséum d'histoire naturelle est une construction 1900 : les charpentes de fer mouchetées de boulons sont apparentes et l'on dirait que ce vaisseau Art nouveau s'est mis au diapason de ses passagers fantômes en offrant la vision de son ossature. A lui qui aime s'identifier à quelque figure de légende, il n'est pas interdit de se considérer alors dans le rôle d'un Noé d'après le déluge qui aurait vu entrer dans son arche, à la suite des quatre fameux cavaliers squelettiques, les carcasses des bêtes témoins – ainsi qu'il est inscrit dans le texte sacré – de « la fin de toute chair ».

Il ouvre les portes au public à dix heures lorsque Dahlia, le cerbère préposé à la vente des billets, s'est installée à son guichet. Ils ne verront pas grand monde : le musée n'attire plus personne et chaque année sa fermeture définitive est abordée lors du conseil municipal. Même les passants du jardin public au fond duquel est situé le conservatoire, à côté de la minuscule école de botanique, n'ont plus le goût de s'y aventurer. En représailles, pourrait-on croire, il est rare que le gardien regarde au-dehors par l'une des vastes fenêtres en fer à cheval qui se succèdent en façade. Les ponts chinois au-dessus du serpentin d'un ruisseau artificiel, les grands chênes aux abords du belvédère, les promeneurs existent à peine pour lui. S'il y réfléchit bien, il n'est sensible qu'à la présence du fleuve tout proche, qui souffle dans la ville un vent froid et humide.

2

Faute de visiteurs, le silence est parfois complet ; il n'en souffre pas. Son isolement lui est ce qu'il fut toujours, une sorte de royauté. Il s'assoit sur l'une des banquettes de cuir disposées entre les pavillons que rien ne sépare sinon la frontière imaginaire qui écarte le bataillon des animaux terrestres de l'escouade des animaux marins et, à l'étage, les fossiles des ères tertiaire et quaternaire de celles qui remontent aux deux premières.

Ce travail de surveillance constitue une retraite idéale, une sinécure consacrée aux deux domaines pour lesquels il a conçu depuis l'adolescence l'intérêt le plus vif : le règne du vivant et ce qui le circonscrit comme la mer la vague, le temps. A vrai dire, il est peut-être une fascination à laquelle ces deux thèmes cèdent la prééminence dans sa vie : la curiosité fébrile, mi-apeurée, mi-euphorique, qui a pu être la sienne envers les ossements, et ce dès l'enfance. Il n'a pas oublié le regard un peu inquiet que lui jeta son père et le refus catégorique qui suivit quand – il n'avait pas neuf ans – il demanda s'il était possible d'ouvrir une tombe, « à l'aide d'une perceuse », pour ramener dans sa chambre un beau crâne de mort. Il devait y avoir à l'œuvre en lui quelque penchant naturel à l'enfant pour la morbidité, mais à cette inclination somme toute banale s'ajoutait l'aspiration plus saugrenue à conserver, à protéger peut-être, un reste de quelque chose sur quoi il n'a pas encore posé un nom. Qu'avait-il donc, si jeune, trouvé à sauver de ce qui n'a plus ni présent ni avenir ?

Aujourd'hui il reste allongé sur une banquette. Il lui semble être plongé au fond du fleuve, dans la coque d'une épave, en compagnie d'un équipage dont les lamproies ont depuis longtemps curé les carcasses. Demain il songera que la poussière, à force de s'être accumulée et d'avoir été mouillée par les vapeurs fluviales, a pourri au point de donner prise à la pousse de toute une végétation. Des mousses ont recouvert les individus en exposition, puis des plantes. Il voit les grandes galeries transformées en serres sauvages abriter des squelettes tapissés, hérissés, d'une verdure prêtant à ces derniers l'apparence d'arbres ou de buissons. Des buffles de lierre, un mammouth à la fourrure de fougères, des bois de cerf couverts de cerises, des hyènes aux yeux de rose et des mésanges piquées d'orties. Hier, il se représentait en train d'enduire de colle à papier les pensionnaires des galeries avant de les incendier. Entouré de ces créatures en feu, observant la gueule des fauves cracher des flammes et le tyrannosaure devenir le dragon ennemi d'une légion de bande dessinée, il se posait en Néron une torche à la main. Les tueries sont filles de l'ennui.

Selon la place qu'il adopte pour marquer une pause lors de ses déambulations, il change de point de vue sur les squelettes et les fossiles. Il ne lui déplaît pas de soupçonner que ce sont eux qui se déplacent en secret pour lui offrir ce qu'il appelle des « natures mortes » variées, et rompre de cette façon avec la monotonie de leur condition.

Il s'attarde souvent dans le petit escalier qui mène d'une galerie à l'autre. Les marches ont été tellement creusées par le passage qu'on dirait les barques qui s'entrechoquent sous la première voûte du Pont-de-Pierre, fierté de la ville. La ligne en spirale qu'elles suivent autour d'une rampe que sa main ne peut réchauffer lui donne le vertige.

3

Son désœuvrement est propice à la maturation de son projet d'écriture. Les dernières années qu'il passa en faculté de biologie, il pensait déjà à ce qu'il considérait avec présomption comme étant « son » livre. Il en savait le titre, « Poétique des os », avant d'en avoir inscrit la moindre phrase. Voilà trois ans qu'il multiplie les notes, que des pages s'empilent sur son bureau puis remplissent des chemises en carton sans qu'il mette rien en ordre.

Dans ce traité, il voudrait parler de ces cages d'ivoire que sont les squelettes, d'où semble s'être envolé un oiseau de vent. Décrire d'abord certains d'entre eux. Celui de la chauve-souris, par exemple, dont les ailes débarrassées de ses membranes alaires ressemblent tant aux mains crochues et gigantesques du Nosferatu qu'une nuit elles accompagnèrent des Carpates à Londres. Il évoquerait l'énorme mille-pattes que figure l'ossature du python suspendu à une chaîne, et le cou de la tortue si fragile qui rappelle le poignet d'une fillette. Il analyserait les exemplaires humains qui peuplent la vitrine de tératologie : des fœtus cyclopes, des frères siamois se mangeant la face d'un même coup de mâchoire. Enfin, il s'attarderait sur les fines charpentes du pingouin et de la loutre, dont l'élégance n'est comparable qu'à celle des autres individus hybrides.

Il consacrerait un chapitre entier au regard des crânes, creusé dans le silence, qui se porte moins sur le monde qu'il n'invite ce dernier à s'engouffrer en lui, à se glisser dans une nuit qu'aucune aube ne longe, grignoteur de soleil.

Il soulignerait le paradoxe selon lequel le squelette est tout le contraire de ce qu'il fait naître en notre imaginaire. Immobile, on lui confère tous les mouvements de la marche, de la nage, de l'envol. Nu et fuselé, on le pare de plumes, de poils, d'écailles, d'autant de muscles que de graisse. Silencieux, on l'entend mugir, crier, siffler. A ce propos, il ajouterait que ce sont bizarrement les poissons qui, avec leur gueule grande ouverte crispée par on ne sait quelle colère, paraissent rugir de l'au-delà avec le plus de violence.

Il prévoit d'ouvrir son précis sur une rêverie au sujet de la matière des os dont la texture convoque sous les doigts le souvenir du bois, de la craie, de l'éponge desséchée. A ce moment de l'exposé, il n'aurait qu'un pas à franchir pour aborder le point essentiel qui participe de la fascination qu'exercent les ossements sur lui : leur blancheur de lait et d'écume, leur robe de Moby Dick – encore elle – couleur d'absence, blême comme la peur, qui fait sortir du néant tout ce qui n'est pas l'ombre.

Les années passent mais la « Poétique des os » ne voit jamais le jour. Elle grandit, varie dans l'esprit de son auteur sans jaillir de sa main. Il crache parfois sur le papier des paragraphes sans queue ni tête, cependant il craint d'avoir raté la naissance de son livre. Ce dernier est pareil aux dépouilles de tératologie, monstrueux et avorté, baignant en lui comme dans le formol des bocaux en exhibition.

Il s'interroge sur les raisons qui le retiennent de se libérer de son projet en le menant à bien. Il ne parvient pourtant pas à saisir le fin mot de l'histoire : une gêne l'encombre, qui lui interdit d'accomplir son œuvre, la même peut-être qui l'a empêché si souvent de vivre un peu plus en harmonie avec le monde et de le savourer quand cela se peut.

Pour l'instant il modifie de tête la place des parties de son livre et tourne en rond dans les galeries du musée. De cette manière il porte en lui une promesse qui le rend fier et l'humilie à la fois. Elle donne un sens à ses jours, corrobore la singularité qu'il a toujours devinée être la sienne mais, à ne pas prendre effet sur la feuille blanche, elle envenime le sentiment qu'il a aussi de sa faiblesse.

4

Depuis quelques jours, sa curiosité se concentre sur la galerie de paléontologie, précisément sur la vitrine qui enferme les plus petits fossiles de la collection. Là, une pierre plate, telle qu'elle pourrait froisser l'eau morne du fleuve si l'on s'en servait pour jouer aux ricochets, enchâsse dans sa concrétion antédiluvienne la gracieuse effigie d'une plume. On dirait un camée frappé de l'empreinte d'un mystérieux volatile.

Ce qui l'émeut, il n'y a pas d'autre mot, dans la vision de cette miette des âges tectoniques, c'est le mariage que les millénaires ont conclu en mêlant dans leur sédiment ce duvet d'oiseau à la terre. Il imagine l'animal en question, un moas, dépourvu de bréchet et impropre au vol, sorte d'autruche à tête de lézard toisant avant l'Histoire, du haut de ses trois mètres, les vallées de la Nouvelle-Zélande. N'est-ce pas cela le plus troublant : qu'un caillou donne le vertige en révélant qu'il cache au cœur de sa rudesse les paysages de folie douce des empires les plus vierges ?

S'il n'avait pas voulu noter plus à son aise cette remarque en forme d'interrogation sur son calepin à couverture orange, il ne se serait pas approché de la baie vitrée qui jette des lances de lumière sur le palier du grand escalier nocturne ; alors il n'aurait pas levé la tête dans un mouvement automatique – qu'il estimera plus tard lui avoir été dicté par quelque force occulte – en direction du parc ; l'allée de gravier n'aurait pas zigzagué sous les marronniers le long du canal et des pontons chinois, emportant son regard à la vitesse du fleuve en crue ; en bout de course, il n'aurait pas embrassé des yeux la silhouette du belvédère dont on attribue la paternité à Dutert, le maître d'œuvre du musée ; par voie de conséquence, il aurait ignoré la présence du couple insolite à l'abri du kiosque de fer forgé, qui détaille comme en retour et au même instant les inscriptions gravées en lettres capitales romaines au fronton du pavillon sous le tympan duquel il se tient dans l'ombre.

On dirait que s'est avancée pour lui seul, sur la scène d'un théâtre désert, une jeune fille donnant le bras à une vieille dame. La femme âgée est rachitique. Elle porte un blouson de toile blanche et des lunettes de soleil bien qu'il ne fasse pas beau. Elle a refermé ses mains veinées de bleu sur la manche du manteau noir de celle qu'il considère sans explication comme étant sa petite-fille.

Son attention se tourne vers la compagne de la vieille. De sa haute taille, de sa carrure un peu masculine, il ne sait d'abord rien penser, absorbé qu'il est par le regard de la jeune fille qui troue littéralement l'ovale de neige du visage. Leur éclat minéral provoque un effet similaire à celui de l'eau qu'emprisonnent par exception depuis des millénaires certains nodules d'agate. Ses yeux s'étirent sous d'épais sourcils et il lui appartient à cette seconde de les qualifier pour la première fois avec tant de justesse de « charbonneux ».

Sous le nez rectiligne et assez fort, la bouche se détache sur le teint lilial avec la même intensité que le regard. D'un rouge écarlate sans que l'artifice d'un maquillage semble avoir été nécessaire, son dessin est d'une perfection quasi géométrique : deux fers de flèches ensanglantées, aux pointes antagonistes, accolées l'une à l'autre par un embout très court, blessent le bas du visage d'une plaie nette et vive.

La tête repose sous un casque de cheveux noirs, qui brillent – se souvient-il pour le plaisir – comme en été l'océan au large de Saint-Sébastien, à l'extrême nuit d'un soir de pleine lune. La chevelure rebique un peu sur les épaules mais la frange sur les sourcils tombe aussi droite que la lame d'une hache. Quand cette dernière image sourd de son esprit fasciné, il ne voit pas se profiler avec elle le bourreau en cagoule, le billot et l'idée de supplice.

5

Chaque jour, désormais, il attendra à la fenêtre l'apparition de la vieille dame et de sa petite-fille aux grilles du parc. Il suivra des yeux leur promenade rituelle, du théâtre de marionnettes au belvédère en passant par les allées du maigre jardin des plantes. Il ne quittera pas du regard l'amazone soutenant son aïeule, jusqu'au dernier instant de sa visite, quand elle disparaît au coin de l'avenue qui borde les rives bourbeuses du fleuve et rejoint le centre-ville.

Il apprendra l'heure de sa venue en fin d'après-midi, l'endroit où elle lui est le plus visible, celui où elle se dérobe derrière les murs de l'école de botanique. Il reconnaîtra cette sensation de malaise qu'il éprouve en l'occurrence, comme si le sang se retirait à marée basse sous sa peau, puis revenait en puissance quand la jeune fille passe ensuite devant le parvis du musée.

Il aura tout loisir de remarquer qu'elle ne porte aucun bijou sinon un anneau plat doré à l'annulaire droit. Il notera la peluche du col de son petit manteau à gros boutons de corne et la toile de son jean trop long, élimée comme il est de mise aujourd'hui.

D'ordinaire, les individus soumis aux diktats du plus grand nombre, tant en matière de mœurs que de coutume, lui inspirent moins d'attrait que ceux qui les ignorent ou, mieux encore, que ceux qui aiment cultiver un peu la singularité de leurs goûts. Cependant, dans le cas de cette jeune fille, cette coquetterie grégaire le séduit. Il ne se reconnaît pas et se remémore la phrase tirée d'un dialogue de Leopardi : « *Io sono la moda, tua sorella,* dit la Mode à la Mort. »

Elle est entrée dans sa vie à la manière brusque de ces automates d'horloge baroque qui ne surgissent du ventre mécanique de leur pendule que pour faire tinter le dernier coup de midi sur un plateau d'argent. Il sait déjà qu'il n'osera pas l'aborder. Il lui reste à espérer qu'il prendra au hasard la fantaisie de les réunir. Toute autre démarche que celle de l'attente vigilante lui paraît vouée à l'échec car il ne faut pas chausser les gros sabots de la volonté sur une scène où tout semble orchestré par la conjonction des influences les plus obscures au travail dans les coulisses du monde.

Si les murs ont des oreilles, il s'agit de croire que le ciel en a aussi puisque trois semaines après qu'il a découvert le couple noir sous la coupole du belvédère, un orage à la violence nonpareille contraint l'ensemble des promeneurs du parc à trouver refuge où cela leur est rendu possible : la jeune fille aux yeux de charbon, que sa grand-mère ne lâche pas, entre tête baissée dans le Muséum d'histoire naturelle. Ses pas sur le marbre résonnent jusque dans la cage d'escalier. Au lieu d'attendre avec les autres dans le hall que la pluie cesse, elle offre à son aînée un billet d'entrée pour les galeries d'exposition. Comme par un fait exprès, elle paie en chèque. Il lira dans un instant son nom inscrit à gauche d'une signature large et ronde : Virginie Carnat.

6

La grand-mère est assise sur une banquette de la galerie d'anatomie comparée. Elle se tient droite et écoute le pas de sa descendante – drôle d'expression – qui claque dans les allées vides. On jurerait qu'immobile elle déchiffre les messages télépathiques que lui communique celle qui déambule en émissaire parmi les squelettes, devant les vitrines des reptiles.

Il ne perd rien du spectacle qu'offre Virginie Carnat, sombre bergère au milieu de son troupeau macabre. A cette distance d'observation, elle lui apparaît moins jeune ; elle laisse dans son sillage un parfum qui lui déplairait sur toute autre personne. Sa taille n'est pas mince, ses mains presque costaudes. A la vue de ses ongles vernis de blanc, il imagine une morsure sur la peau de son dos : quatre sillons de feu dessinés à la diable.

Son allure n'est pas gracieuse mais la mollesse de sa démarche révèle que sa peau ignore le froid et laisse peut-être, qui sait, glisser sur son corps, tel le drapé de vapeur que revêtent à l'aube les statues du parc, une onde de fièvre et de douceur mêlées.

Il n'est pas étonné qu'elle ralentisse devant les présentoirs les plus spectaculaires, devant les bocaux contenant des chats éventrés aux entrailles flottantes ; elle est en cela semblable au tout-venant. Sa surprise est grande lorsqu'elle consacre quelques minutes à l'étude des lamproies et des anguilles suspendues dans un coffre de verre. Il éprouve pour cette espèce de poissons serpentiformes son aversion la plus forte et la plus irrationnelle. Au point qu'il a choisi de s'y intéresser de près. A son dégoût incoercible, il a voulu opposer une connaissance approfondie : dorénavant, il sait tout des charognardes d'eau douce qui se reproduisent en masse dans la mer des Sargasses.

Les échantillons dont dispose le musée sont de belle taille. Leur colonne vertébrale ressemble au clavier courbe d'un piano disloqué mais leur gueule est une herse aux innombrables dents; les apodes se distinguent par leur aptitude remarquable à engloutir des proies souvent aussi grosses qu'elles-mêmes. On raconte qu'elles grouillent littéralement au pied du Pont-de-Pierre. Des pêcheurs les capturent en jetant à l'eau des têtes de veau à l'intérieur desquelles elles s'agglutinent.

L'envie le gagne d'aborder Virginie Carnat sous prétexte de l'entretenir de ces poissons. Leur curiosité commune est si rare qu'elle les rapproche soudain. Il s'avance, hésite, fait mine de se pencher sur tel détail d'une mâchoire de primate. Elle n'a pas levé les yeux sur lui. Vrai, elle ne l'a même pas vu.

Une pesanteur marine s'est, pour ainsi dire, abattue sur lui. Ses membres et son esprit sont victimes du même engourdissement que doivent connaître ceux qui vont se noyer lorsque le froid les étreint et que l'eau inonde leurs gorges. S'il n'était pas bon de peser ses mots en toute chose, il serait opportun d'ajouter ici qu'il est l'objet d'un sortilège.

Il lutte cependant et pressent qu'il va parvenir à vaincre la gêne qui le tient coi. Il va s'exprimer quand la jeune fille, par un mouvement rapide qui relève des clichés sur la féminité, ramène de l'index une mèche de ses cheveux derrière son oreille gauche. Alors, il remarque le petit objet de plastique beige fiché derrière le pavillon de l'oreille. Virginie Carnat porte un sonotone : cette découverte le déconcerte. Déjà la jeune fille s'éloigne, rejoignant sa grand-mère et quittant très vite l'enceinte du musée comme si elle venait de commettre quelque méfait.

7

Les deux femmes ne sont pas revenues. Il a beau les guetter, son attente fébrile, maussade à présent, n'est pas récompensée. Virginie Carnat a ouvert en lui, de la pointe saphir de ses yeux, une faille où tout l'univers s'engloutit peu à peu. Plus rien ne compte que son souvenir et l'image fugace de son infirmité. Vit-il dans l'actualité des jours ou bien a-t-il rétrogradé, quelques semaines plus tôt, dans les parages où les songes le mènent et qui ont la jeune fille pour point de fuite ? Ce qui ne fait pas l'ombre d'un doute, c'est que sous l'effet de son regard il est devenu un homme tout différent de celui qu'il était. Il subit un perpétuel bouillonnement intérieur, des sautes d'humeur, un appétit et des dégoûts incontrôlables. S'agirait-il, sous une forme empoisonnée, de ce phénomène de manque auquel tant de littérateurs ont prêté attention dès qu'ils se sont avisés de narrer la triste mine qu'arborent nos amours malheureuses ? Il n'est pas loin de le craindre.

Ses incessantes ruminations ont tout de même l'avantage d'aboutir à un éclaircissement au sujet de la personnalité de la dame âgée. A la réflexion, il est évident que cette dernière est aveugle : sa manière d'être conduite par sa jeune compagne, de lever la tête en direction de ses pensées infinies, de porter ses lunettes noires en permanence, ne trouve pas de meilleure explication. C'est comme si, en élucidant ce mystère, il mettait la touche finale au tableau que forment la jeune fille sourde et sa grand-mère aveugle – muettes toutes les deux, persiflerait une mauvaise langue – dans les allées du jardin municipal.

Il s'efforce de se consacrer pour de bon à sa « Poétique des os » mais il est hanté par l'idée de ne plus jamais revoir la fille à la frange. Il accepte, ainsi que cela lui arrive de loin en loin, l'invitation de Rubis, un vague ami, le seul qu'il ait, à se rendre à une soirée qui, sachant les goûts de l'amphitryon, ne peut s'apparenter qu'à une partie fine.

Quand il monte dans le taxi qui doit le mener au milieu de la nuit sur les lieux de l'orgie, à la cité universitaire, il compte oublier sa blessure pour quelques heures. En longeant les rives grises du fleuve dont le parfum sature l'air de la voiture, il se dit qu'il est doux de fuir Virginie Carnat à quatre-vingts kilomètres à l'heure.

A son arrivée Rubis, dont les accents lubriques lui fichent des haut-le-cœur, annonce en quoi les réjouissances de ce soir consistent : une fille s'offre à la concupiscence d'une quarantaine de types qui doivent l'assaillir à tour de rôle.

Pour donner plus de prix à sa fête, le maître de cérémonie lui précise que la victime qui se livre cette nuit en pâture a une particularité : ses cris atteignent des sommets d'intensité comparables aux hurlements d'une bête, « quelque chose d'inouï », insiste-t-il. Et en effet, tandis qu'ils marchent tous deux dans les couloirs du dernier étage du bâtiment, des plaintes d'une violence à peine croyable emplissent les murs. Les types attendent leur tour en buvant de l'alcool dans les chambres disposées en ligne comme des cellules de prison. L'heure passe, scandée par les vociférations de la fille que rien n'affaiblit. « Tu passeras en dernier, après moi », lui dit Rubis sur un ton qui signifie qu'on lui accorde une faveur.

Quand son comparse sort de la chambre et que c'est à lui d'abuser de la fille, il voudrait être mort. La pièce exhale une haleine fétide. La porte fermée, l'obscurité se dissipe. Le corps blanc de la fille couchée sur le ventre apparaît. Elle est étendue à même un couvre-lit de velours élimé.

Dans le coin de la pièce, il remarque une ombre. Il croit que ce sont les vêtements que la créature a posés en se déshabillant. Mais une lueur clignote alors dans ce coin-là. En un clin d'œil, la forme s'anime. Tout prend sens autour de lui ; un sens qui ne l'effraie pas, un sens qui ne le dégoûte pas, mais un sens qui lui inspire une horreur absolue : c'est Virginie Carnat qui est couchée devant la vieillarde qui attend. Les lunettes brillent dans la nuit ainsi que le sonotone sur la table de chevet.

Tout son corps est douloureux. Il va se laisser tomber à terre et s'évanouir. Non, ses jambes ne l'abandonnent pas. Elles marchent à reculons et le sortent de la chambre. Il croise Rubis, dont l'hilarité grasse le poursuit au-dehors, sur le parking de la cité universitaire. La nuit massive lui commande de courir. Là-bas, les eaux du fleuve roulent sous le Pont-de-Pierre. La poigne aux mille gueules d'une nuée d'anguilles l'a saisi et l'emporte.

LE VOILE ROUGE

Je vais tout vous raconter maintenant, monsieur. Il s'agit d'Asja, une jeune femme aux cheveux noirs de jais qui portait des lunettes, dont les yeux semblaient toujours observer quelque horreur derrière le spectacle plaisant que le monde veut offrir. Et d'un voile rouge aussi.

J'ai rencontré Asja à l'arrêt de bus de la ligne numéro 26. Elle était assise et fixait avec beaucoup de force chaque voiture qui roulait devant elle. Ses yeux glissaient de droite à gauche dans ses orbites sombres et puis revenaient sèchement sur la droite pour suivre un autre véhicule. On aurait dit qu'elle jetait un mauvais sort à tous les automobilistes qui passaient là, et le fait qu'elle marmonnait des injures à la face de ses congénères ne contredisait en rien son allure de sorcière.

Vous me connaissez, monsieur, je ne suis pas homme à aborder la première passante venue. Je suis un étudiant sérieux qui a toujours placé le travail, la science, plus haut que tout. Il est même arrivé qu'en réaction à ma rigueur vous m'encouragiez à prendre du bon temps. Je ne vous l'ai pas dit alors, mais vos incitations à m'encanailler me vexaient. Moi qui voulais devenir un médecin comme vous et diriger un service comme le vôtre, j'espérais que vous comprendriez mon acharnement au travail et mon dégoût de la gaudriole. J'étais très déçu lorsque vous me tapiez sur l'épaule le soir venu et m'invitiez à suivre je ne sais qui en vue de grappiller un peu du bonheur des porcs.

Lorsque j'ai abordé Asja, il ne s'agissait pas pour moi de tenter ma chance dans l'espoir d'obtenir le baiser à deux sous que telle ou telle finit toujours par donner, plus lasse que conquise, à tout homme qui insiste. Non, j'ai été littéralement requis par le visage ovale de la jeune femme et j'ai fondu en lui comme le cri du loup dans l'orbe de la lune.

« Les femmes sont trop vieilles et trop belles. Elles sont belles depuis trop longtemps. Je voudrais pendre toutes ces vieilles femmes », sifflait-elle entre ses dents, la mâchoire si contractée que les muscles tremblaient sous la peau des joues. En l'entendant vitupérer de manière si incohérente et répéter sans cesse ses récriminations, vous pensez bien que j'ai compris qu'elle n'attendait pas par hasard le bus de la ligne 26. Il était sûr qu'elle allait descendre à l'arrêt Charles-Perrens et entrer dans l'hôpital.

Je fus stupéfait à l'idée qu'elle et moi nous nous dirigions dans la même direction. J'y vis un signe de la Providence. Certes, je me rendais à mon travail et elle à une consultation, mais dans mon esprit nos deux destins étaient d'ores et déjà liés et je bénissais la fortune de nous avoir réunis.

Je l'observais qui gardait la tête droite malgré les cahots de l'autobus dans les virages. Sa bouche en arc de Cupidon, l'enclos de ses lunettes de métal autour de son regard vague, chaque parcelle de sa personne me la rendait aimable. Je ne me reconnaissais plus. J'étais prêt à abattre dix hommes du plat de la main, à détourner d'un souffle la course des vents. J'étais un cœur simple dans un corps d'hercule. Cette jeune femme n'avait même pas remarqué ma présence, pourtant j'étais déterminé à vaincre mes frayeurs les plus intimes, mes faiblesses les plus évidentes pour la sauver du marasme qui, sinon, aucun doute là-dessus, l'entraînerait toujours plus loin dans la souffrance et la déraison.

Je sais ce que vous allez dire. Je n'ai pas fait preuve d'un grand sens professionnel. Je ne me suis pas mis dans la situation thérapeutique adéquate. Je me suis rendu coupable de tout ce qu'un psychiatre débutant doit apprendre à éviter. Où était passée mon impassibilité face au sort des malades ? Je ne sais pas ce qui m'a pris. Tout ce que j'éprouvais à ce moment était si puissant, si nouveau. Et la certitude que j'avais d'être le seul à pouvoir sauver Asja, à pouvoir la sauver complètement, était si impérieuse en moi que j'ai cru être dans mon droit en passant outre à toutes les règles qui fondent notre métier.

Je me suis assis à côté d'elle quand la place s'est libérée et je lui ai demandé son prénom. Je lui ai dit l'impression qu'elle m'avait faite. Je n'ai pas parlé de ma fascination pour son regard fuyant derrière ses lunettes ni pour ce que je rêvais de sa peau sous sa veste en jean, je lui ai juste expliqué ce qu'il m'avait semblé deviner de son état d'anxiété et de solitude, de la haine de soi qui la tourmentaient. Au début, elle m'a écouté avec beaucoup de réticence. J'avais l'impression de lui dévider des insanités. Mais j'ai mis tant de verve dans mes propos, tant de finesse aussi, je crois, que son expression s'est apaisée. Oh, monsieur, je n'ai jamais été aussi brillant que ce jour-là. Chacune de mes phrases fusait de ma bouche et touchait dans le mille l'âme d'Asja. J'avais le sentiment d'être déjà en train de la sortir de l'ornière, de battre en brèche le silence cruel qui noyait sa vie jusqu'alors. Je n'avais pas besoin qu'elle se livre pour comprendre combien elle avait pu se sentir flouée, combien les siens et les jours l'avaient brûlée à petit feu. Elle n'avait pas à forcer sa nature mutique pour que je sache le dégoût dans lequel son corps la plongeait.

Les parents, les éducateurs, la foule hostile des anonymes et peut-être même le cœur invisible des galaxies, tous étaient convenus de la perdre. Elle se sentait au-dessous de tout, et l'univers entier avait fini par pointer sur elle un doigt accusateur, lourd d'humiliation. L'univers entier lui criait sa nullité et lui hurlait son mépris. Chaque jour lui en apportait la preuve. Moi-même qui l'entretenais ainsi de sa personne, n'étais-je pas l'un des agents de cette collusion à son encontre ?

Je lui disais tout cela afin de la soulager d'abord du

sentiment que nul ne savait la détresse au fond de laquelle elle se noyait. Je parlais, elle m'écoutait. Ainsi unis en un corps à corps secret, nous avions dépassé depuis longtemps l'hôpital Charles-Perrens. Ce jour-là je ne suis pas venu travailler, et Asja n'a pas rencontré le Pr Dwarf. Nous sommes restés ensemble toute l'après-midi. Nous sommes allés nous promener le long du canal d'assainissement des eaux. Des enfants avaient construit un radeau et naviguaient d'une rive à l'autre, des étoffes de tissu nouées sur la tête à la manière des corsaires. Ils avaient du mal à rejoindre la berge et ramaient avec leurs mains pour avancer sur l'eau. Plus loin, sur le toit d'une barge, une mouette déchiquetait le cadavre d'un pigeon. Je ne cessais de parler à Asja. J'inventais son passé, ce qu'elle avait subi, mais je ne doutais pas d'être dans le vrai. Je voulais qu'elle se sente enfin comprise, vous savez ce que c'est, n'est-ce pas ?

La tête me tournait tellement que j'ai dû m'asseoir sur un banc, au bout de la grève. Mes oreilles bourdonnaient, les cris des mouettes me transperçaient. Asja aussi avait le vertige. Mes discours interminables la sonnaient. Nous nous sommes tus en regardant glisser les bateaux de marchandises entre les grues couleur de rouille. Le soir tombait et ma décision de m'occuper d'Asja s'était renforcée. Je voulais lui rendre la vie, monsieur. M'entendez-vous ? Y a-t-il plus noble aspiration ? Bien sûr, vous allez rire. Vous allez me plaindre et vous vous demanderez de quelle carence j'ai pu souffrir pour avoir besoin d'accomplir un miracle qui me donne le droit de m'aimer.

Je sais que vous expliquez nombre des comportements humains par le besoin qu'a l'homme de s'estimer. Dois-je préciser qu'à côté d'Asja je ne me surprenais pas en plein péché de narcissisme ? J'avais juste de la peine pour elle. Je songeais à ce qu'elle affrontait dans l'isolement et la douleur. J'imaginais son désarroi la gorge serrée. J'étais épuisé et triste. Alors un voile rouge est tombé sur mes yeux et le monde m'a paru baigner dans un vase de sang.

Nous nous sommes levés et avons quitté le port. Je lui ai proposé de l'héberger. Elle n'aurait pas à traverser la ville pour rentrer chez elle. Elle a mangé des biscuits sablés sur un coin de table dans la cuisine et puis elle s'est couchée sans un mot sur le canapé de mon appartement.

Asja s'est installée chez moi. Le lendemain de notre rencontre, je suis allé récupérer ses vêtements dans son studio du vieux quartier. Il y avait un réfrigérateur vide que j'ai débranché et une paillasse militaire déroulée sur le sol. Cette couche m'intimidait. J'étais aussi troublé que si j'y avais surpris Asja en personne. Je ne me suis pas attardé. J'ai refermé derrière moi ce qui avait été son lieu de réclusion pendant deux ans et, après l'avoir retrouvée, je lui ai demandé de me raconter son passé. Elle ne m'a pas répondu et jamais elle n'a voulu s'expliquer. Parfois je comprenais à son regard qu'un souvenir lui élançait comme une plaie ouverte, mais elle se fermait et ne me confiait pas le pourquoi de son accès de mélancolie. Une nuit, elle a poussé un cri. Je me suis précipité à son chevet. Un épisode de son enfance l'avait réveillée. Sa mère la secouait au-dessus du vide du haut d'un balcon. Je n'en appris pas plus au sujet de sa famille et son silence m'invitait à imaginer le pire : les mauvais traitements, les outrages et la honte, la torture lente de l'insomnie. Je peignais à l'encre noire le tableau de sa jeunesse et lui attribuais les guenilles et les affronts de Cosette. Asja était l'orpheline, la malaimée, la victime, et je me jurais d'épargner désormais à cette rescapée jusqu'à l'ombre de ce qui avait pu la blesser.

Je continuais à me rendre à l'hôpital : je ne crois pas vous avoir laissé entrevoir ce qui animait toutes mes pensées. Je suivais le traitement de certains de vos malades comme à l'habitude, me chargeant des rendez-vous qu'il vous était difficile de caser dans votre emploi du temps. Mais pas une seconde le sort d'Asja ne quittait mon esprit. J'écoutais les plaintes et les colères des malheureux quand mon cerveau réfléchissait aux réponses qu'il me serait possible d'apporter à ma protégée. Les autres n'existaient plus. Même vous, monsieur, ne m'en imposiez plus. J'agissais devant vous en automate et, lorsque je remarquais votre présence, la satisfaction benoîte qu'elle dégageait me paraissait pathétique. Votre façon pitoyable de vouloir rester jeune, vos tics de star en tournée dans les couloirs de Charles-Perrens avaient pris à mes yeux le pas sur vos qualités. Vous que j'admirais perdiez toute crédibilité. Je me sentais à l'abandon. Personne n'aurait pu comprendre ce qui m'arrivait ni imaginer ce qui allait se passer. Seule Asja m'était proche, aussi proche qu'une sœur jumelle, et dès lors il n'y eut plus qu'elle pour moi.

Je l'appelais au téléphone plusieurs fois par jour afin qu'elle n'ait pas l'impression d'être délaissée. J'avais peur aussi qu'elle ne se fasse agresser par un désaxé. Quand elle tardait à décrocher l'appareil, je craignais qu'il ne lui soit arrivé un malheur ou bien qu'elle n'ait disparu. Je n'étais jamais assuré de la retrouver chez moi après mon service et je redoutais sa fuite, ses errances au hasard des rues. Ma gorge se nouait lorsque je pensais qu'elle était perdue dans la ville et qu'elle attendait sans raison à un arrêt de bus comme le jour de notre rencontre. Rien ne m'attristait tant que l'idée qu'elle puisse souffrir en me soupçonnant de l'avoir abandonnée. Faut-il que j'aie connu cette panique moi-même dans une autre vie pour avoir tellement eu le désir de la lui éviter aujourd'hui !

Je la retrouvais souvent assise en tailleur par terre, dans la position où je l'avais quittée le matin. Elle lisait tout ce qui lui tombait sous la main et, le soir, je lui achetais des livres chez Ménélik, le bouquiniste installé au rez-de-chaussée de mon immeuble.

Quand Asja, un peu rétablie, accepta de prendre l'air, nos premières sorties consistèrent à rendre visite au vieux bibliophile. Il lui apprit quelle serait ma future profession et m'avoua qu'il avait été interné à trois reprises. Ménélik ne se souvenait pas de son séjour à Charles-Perrens tant les doses de médicaments qu'on lui infligea ici furent sévères. Il était veuf et ne voyait plus ses fils depuis une quinzaine d'années, s'étant brouillé avec eux comme lui-même s'était disputé avec son père. Il avait une moustache noire de mineur de fond et des verrues sur les paupières. Il appelait Asja « Princesse » et lui donnait la moitié des livres qu'elle choisissait chez lui. Il buvait plus que de raison et nous avons parfois trinqué ensemble mais il suffisait que Asja trempe ses lèvres dans un verre de vin pour que ses jambes flageolent. L'homme est mort d'une crise cardiaque. Asja l'a découvert étendu à côté de son bureau renversé, au milieu de son capharnaüm de papier. Elle en a été choquée. A partir de ce jour, j'ai eu peur que le bonheur, en s'enfuyant, ne lui fasse plus de mal que tous les malheurs qu'elle avait connus.

Alors j'ai redoublé d'attentions. Quand elle dormait, elle se griffait le visage au sang. Je lui ai acheté des gants – de très longs gants blancs – qu'elle enfilait au moment de se coucher. Retirée dans le sommeil, elle passait ses mains sur son visage et ne se blessait plus. Sa chevelure courait sur sa peau et j'aurais aimé me glisser tout entier dans cette crinière de nuit. Je ne m'endormais qu'à l'aube, épuisé par l'état de tension dans lequel me mettait la proximité de son corps. Je la désirais mais je n'aurais jamais osé la toucher. Il en allait de la confiance qu'elle m'avait accordée. Je refusais de passer à mon tour dans le camp des profanateurs. Je me contentais de la veiller et de respirer son souffle.

Au fil des semaines, je mesurais l'étendue des choses de la vie qu'il lui restait à découvrir. Elle ignorait par exemple le plaisir de manger des plats savoureux. Elle n'avait connu que les boîtes de conserve. Je lui fis la cuisine et chaque semaine elle avait droit à une nouvelle recette à laquelle elle devait donner une note. Pour la ressusciter, j'orientais mes efforts du côté du jeu et du plaisir. Asja-le-zombi devait apprendre à rire. Asja-l'enterrée-vive devait éprouver la richesse de ses sens. Et elle y avait du talent. Farceuse, elle aimait bien grimacer, se dessiner des moustaches au feutre ou se traîner dans la rue comme Quasimodo en effrayant les badauds. Jouisseuse, elle prenait beaucoup de soin à déguster du chocolat et le soir, allongée par terre, elle me regardait avec une expression qui me donnait envie de me jeter sur elle et à laquelle je tentais de ne pas prêter attention. Je l'invitais plutôt à me suivre dans mes promenades nocturnes et je la sermonnais en lui conseillant de ne plus me provoquer de la sorte. Elle imitait alors l'enfant penaude qui promet en se mordillant le pouce. Nous déambulions sur les quais et les reflets des lampadaires sur l'eau sombre étaient les traces de pas de la lumière enfuie.

Elle m'interrogeait sur mon passé, sur ma vie amoureuse. Comme elle, j'esquivais les questions. Je prétendais que nous étions nés le jour de notre rencontre. L'été prenait fin. Je percevais la permanence d'un danger dans la douceur des nuits. Nous quittions les quais pour visiter main dans la main les abattoirs du marché. A quatre heures, les bouchers en capuchon blanc prennent un verre de vin au bar de la place. Ils ont les ongles rouges et des poches sous les yeux. Ils se relaient trois par trois et transportent, de remorques en camionnettes frigorifiques, des carcasses de bêtes semblables à des hommes nus. Asja se plaisait en cette compagnie de fantômes et de cadavres. Une fois, je l'ai vue qui battait des mains devant une procession de garçons chargés des restes d'une vache et de son veau. L'angoisse est montée en moi et j'ai attendu que le voile rouge claque devant mes yeux.

Ne vous méprenez pas, monsieur, j'évitais autant que possible les spectacles morbides, mais il est vrai qu'elle et moi les préférions à tout autre. Heureusement, nous avions d'autres points communs. La musique en particulier. Je lui ai offert un harmonica et elle s'est mise à en jouer sans avoir jamais étudié le solfège. Elle écoutait des chansons à la radio et les reproduisait à l'oreille. Elle ne se décourageait pas, et après plusieurs essais, elle parvenait à reproduire la mélodie. J'aimais les sons dorés de l'harmonica. En fouillant dans ma discothèque, elle avait découvert les œuvres d'Ennio Morricone, qui devint son compositeur favori. Elle a su sa musique par cœur bien avant de voir les films qu'elle sublime.

D'ailleurs, nous allions tellement au cinéma qu'il nous fallait resquiller pour profiter de toutes les séances auxquelles nous voulions assister. On attendait que le film se termine pour se glisser dans la salle par la porte de sortie. Je me souviens qu'elle a pleuré quand E.T. rentre chez lui à la fin du film de Spielberg. Après *Lilith*, elle m'a dit que nous pouvions mourir tout de suite puisque Robert Rossen avait déjà tourné un film à partir de notre histoire. Elle a beaucoup ri quand

Groucho Marx enfile un énorme tapis de fourrure qui se révèle être son manteau. Je tenais à lui montrer les scènes qui me bouleversent au cinéma, alors je l'ai amenée voir le film d'Eustache dans lequel Jean-Pierre Léaud porte des lunettes noires. Je voulais qu'elle le voie filmé en gros plan dans un café. Il parle à Françoise Lebrun de ses amours décomposées. Il dit : « Je pense que la vie, le temps qui passe, fait très bien ce travail d'unir ou de séparer les gens. C'est pourquoi je n'ai jamais quitté personne. » Il dit : « Je ne crois pas que la vie ressemble à ces mondes mystérieux où l'on ne peut jamais revenir quand les portes se sont refermées. » Il dit : « Décidément, je n'aime pas les héros. » Il a les larmes aux yeux et il remet ses lunettes noires pour achever son monologue. Moi aussi, à chaque fois que je pense à cette scène, j'ai les larmes qui me montent aux yeux. A présent, vous comprenez pourquoi je porte tout le temps des lunettes noires, n'est-ce pas, monsieur ?

L'année est entrée dans l'hiver en coup de vent. Asja jouait de mieux en mieux de l'harmonica. Elle était légère. Elle ne fuyait plus la foule. Il lui suffisait de la fendre de son profil de sphinx. Elle avait en elle une force nouvelle qui accroissait celle qu'il lui avait fallu pour rester en vie. Les gens la regardaient de loin. Ils sentaient bien qu'elle avait vu l'enfer et présentaient des mines honteuses en l'approchant. Ils s'éloignaient comme si elle détenait le secret de leurs lâchetés. Asja les dédaignait. Elle me sautait au cou en public et dévorait des crêpes.

Elle aspirait à composer des musiques de film. Le

soir, je l'entendais qui travaillait, transcrivant ses créations sur des cahiers selon un code chiffré qu'elle avait inventé. Elle eut aussi le projet de reprendre l'un de ses plus anciens emplois pour gagner de l'argent. Le Pr Dwarf lui avait permis de toucher des allocations réservées aux handicapés, mais Asja se jugeait si apte à reprendre une vie normale qu'elle voulait renoncer à son statut d'invalide et demander à un artisan rémouleur de l'embaucher de nouveau dans son atelier. Vous imaginez mon inquiétude, monsieur. Je savais que les patients qui sortent du noir précipice au fond duquel ils croupissaient traversent une période d'euphorie qui, si elle n'est pas contrôlée, peut se révéler catastrophique. Je calmai Asja et parvins à lui faire renoncer à son intention de travailler.

Ses joies, ses enfantillages, ses entreprises me fendaient le cœur. Je tâchais de ne pas le lui montrer mais j'étais terrifié à l'idée qu'elle puisse un jour avoir la nostalgie de ces merveilles dont elle visitait maintenant le pays. En même temps qu'elle découvrait la vie, avec sa puissance et sa subtilité, elle goûtait à ce dont le manque la rongerait si d'aventure cette vie venait à changer. Le poids de ma mission pesait sur moi, monsieur, comme le monde sur les épaules d'Atlas. J'étais accablé et souvent la panique m'empêchait de fermer l'œil de la nuit. J'arrivais à l'hôpital en retard, j'essuyais vos remontrances. Je ne vous en veux pas, monsieur, vous avez cherché à me comprendre. Vous m'avez excusé au-delà de ce que je méritais. Je n'avais plus de goût à rien. Mes faiblesses s'accroissaient de jour en jour et j'appréhendais plus que jamais de décevoir Asja. Tout se passait comme si je devais contenir l'océan, comme s'il me fallait à chaque instant en repousser les vagues. Comment ma lutte aurait-elle pu ne pas me sembler perdue d'avance ? Je pensais à Asja. Je me disais : sa sérénité est un aveuglement. Je ne voulais pas lâcher sa main tandis que la tempête se déchaînait toujours plus fort contre moi.

J'ai déserté Charles-Perrens. Je restais prostré sur un banc du parc, aussi hagard que les malades que j'ai aperçus ce matin en venant vous voir. Je réussissais à montrer bonne figure à Asja, qui était si emplie de bien-être qu'elle croyait que nous partagions cette plénitude. Parfois je m'arrêtais net de marcher sous le coup d'une térébrante migraine. La nuit, je rôdais dans le quartier chaud. Je prenais quelque fille facile avec la violence dont j'aurais souhaité être capable pour combler Asja de plaisir. Je n'y voyais plus clair et, à mon retour, je me surprenais en train de me parler à voix basse. Je crachais des jurons.

Un soir, il y a quinze jours, je suis resté à l'appartement. Asja ne s'était pas endormie. Elle avait composé jusque tard dans la soirée et je ne voulais pas qu'elle s'inquiète en me voyant partir en quête d'ombres dont je ne lui disais rien. Nous nous sommes couchés, elle dans la chambre, moi sur le canapé. A trois heures du matin, je me réveille en sursaut. Les yeux ouverts, je change de position et puis j'essaie de me rendormir. Un tremblement nerveux m'agite. La peur m'opprime. Je reste aux aguets. Chacun de mes nerfs est figé par l'angoisse. Je n'entends plus rien. Il règne un silence de fin du monde dans la pièce. Je tends l'oreille et je distingue une sorte de martèlement ténu et lointain. J'ai l'impression que ce bruit provient de la chambre. Je me lève, tremblant, et m'avance en direction de la porte entrouverte. Je me glisse à l'intérieur et je vois la silhouette d'un homme frapper Asja avec un couteau de cuisine. Il cogne et cogne encore de la pointe de sa lame la poitrine de ma petite orpheline. Je me jette sur l'assassin et nous roulons à terre. Nous nous battons pendant un temps qui me semble durer une éternité. Je saisis le couteau qui est tombé sur le parquet pendant notre lutte et je le trucide d'un coup foudroyant. Ensuite je m'acharne, je dépiaute l'inconnu presque entièrement. Je suis couvert de sang. Je regarde la pauvre Asja qui a l'air de dormir, un sourire sur son visage clair. Je m'allonge près d'elle et je sombre immédiatement dans un sommeil profond.

Le lendemain, à l'instant où j'ai repris mes esprits, le souvenir de la nuit précédente m'est revenu et j'ai été envahi par l'effroi. Pourtant, Asja est entrée dans la chambre et elle m'a offert un verre de jus d'orange. Elle était belle, les joues un peu rouges, la peau chaude. Elle m'a susurré à l'oreille qu'elle était très heureuse de ma visite de la nuit.

Évidemment, monsieur, vous allez dire que j'ai rêvé lors de cette nuit. Sans doute mais, dans ce cas, apprenez que ce matin j'ai ouvert les yeux à côté d'Asja. Elle gisait étendue contre moi, poignardée à mort.

FONTAINEBLEAU

I

L'orage lance sa nuit d'éclipse sur les fenêtres de l'école. Albane penche son visage au-dessus des quatre rangées de huit cartes alignées devant elle. Elle est requise de la manière la plus entière par le jeu qu'elle entame. Rien, pas même le galop des cavaliers d'Armageddon martelant la voûte nuageuse, ne pourrait la distraire de son passe-temps chéri, le seul qu'elle ait.

Ses yeux en demi-lune s'enfoncent dans l'ombre sous la barre de ses sourcils joints, que l'on trouve partout tellement laide. Son minois têtu n'exprime nul sentiment sinon la gravité et une concentration que d'aucuns, peu habitués aux mondes fortifiés des enfants solitaires, pourraient trouver inquiétante. Il est vrai que personne ne lui a interdit de sortir en récréation avec ses camarades – qui s'abritent sous le préau maintenant que l'averse s'abat – pour accomplir cette patience, nommée la Main du destin, qui se présente bien puisque les quatre valets sont d'ores et déjà placés dans la colonne, la troisième en partant de la gauche, qui leur est réservée.

Le garçon qui occupe avec elle la salle de classe déserte ignore pourquoi Albane refuse de s'amuser avec ses condisciples. On ne l'aurait pas une fois de plus collé en retenue pendant la pause, il ne se serait pas fait prier pour jeter à l'air libre, à peine sorti, un cri de libération. Il n'entend rien aux manigances que la fillette combine avec ses rectangles de carton. Il aurait tendance à les mépriser, lui qui ne jure que par les activités sportives ou les distractions autrement plus à la page, si la petite fille ne lui inspirait le respect, elle qui se tient, discrète et douée, à l'exact opposé du mauvais exemple qu'il peut incarner aux yeux des maîtres et des maîtresses de l'établissement où il poursuit sa scolarité.

II

Il se l'est avoué : Albane ne l'impressionne pas seulement en raison de son sérieux si contraire à sa propre exubérance. Il a mesuré depuis plusieurs semaines la vigueur avec laquelle, lorsqu'il se trouve en sa présence, le sang lui vient au cœur comme, quand on y a glissé un morceau de calamite, la salive monte à la bouche.

Ici encore, l'opinion des autres lui est égale. Que l'on considère l'impassible joueuse au mieux avec indifférence le laisse froid. Elle occupe son esprit avec une constance croissante et – c'est plus fort que lui – les évasions qu'offre à son imaginaire le sentiment amoureux priment sur tout le reste.

Il chemine en pensée jusque chez elle, la maison à l'orée de la forêt, voisine de celle de Yanne, la seule élève qui lui adresse la parole du fait sans doute de la proximité de leurs demeures respectives. Il la suit dans sa chambre mansardée, au plancher luisant, aux tapis de Pergame, dont la fenêtre donne – cela, il le sait – sur la blanche assemblée des bouleaux qui, pareils à des tempes grisonnantes, vieillissent le visage du bois avant l'âge de l'hiver.

Il veut croire qu'elle aime à contempler la baissière au panache vert qui s'ouvre, quand on s'en approche, sur l'obscur royaume du chêne. Il l'impressionnerait sans doute s'il lui racontait comment il est de coutume en certaines contrées de Sibérie d'habiller en femme un jeune bouleau coupé puis de le jeter à la rivière, après l'avoir fêté plusieurs jours à la Pentecôte dans l'espoir d'obtenir la pluie en retour.

Il rêve à présent à celle qui s'installe à son bureau et exécute l'une de ses sacro-saintes patiences. Il souhaiterait qu'elle questionne la fortune avant de couper et de distribuer. Il voudrait savoir s'il leur sera bientôt possible de se rencontrer seul à seul en dehors des murs de l'école et, enfin, de se parler. Le destin n'irait pas à l'encontre de ses vœux, n'est-ce pas ? Le jeune augure, en donnant à chaque carte la place qui lui revient, ne saurait lui répondre que par l'affirmative.

III

Le Petit Muge est le surnom du garçonnet qui nous occupe et il n'est plus personne pour l'appeler différemment. Difficile de donner avec assurance le pourquoi d'un tel sobriquet ; il n'a pourtant pas l'instinct grégaire du poisson auquel on le compare. L'animal et lui ont peut-être les mêmes yeux noirs et ronds à moins que – et c'est le plus probable – ce ne soient sa vivacité, sa propension à se faufiler entre leurs pattes qui aient poussé son père et sa mère, las de le pourchasser, à le rebaptiser de la sorte.

A ce propos, ses parents l'ont aujourd'hui mené se promener dans le parc du château à seule fin de le sermonner et de citer par le menu, dans le cadre le moins sinistre qui soit – on aura relevé ce trait de sadisme –, les représailles que sa dernière retenue leur semble exiger.

De l'avis du Petit Muge la peine capitale parmi les sanctions qu'on lui signifie réside dans le fait qu'il lui sera désormais interdit de sortir seul, et ce jusqu'au début des vacances d'été. Les dernières semaines avant la fin des classes, celles qu'il comptait mettre à profit pour approcher Albane, se transforment pour de bon en un long cauchemar. Saisi par un accès de rage empreint d'une emphase qu'il ne dédaigne pas, il se met à courir à travers un bosquet de buis et sème les rappels à l'ordre qui volettent à sa suite sous les feuillages.

Il débouche près de l'entrée de la grotte des Pins, que

précèdent quatre Atlantes se dégageant avec lenteur, comme s'ils émergeaient du chaos originel, de l'appareillage puissant des blocs de la façade. Il retrouve son calme dans la fraîcheur susurrée des eaux qui serpentent au fond de la haute niche en forme de coquille et jette un œil à la figure déçue que reflète une mare circulaire. Il emploie toute l'énergie de ses méninges à trouver le moyen de jouir, ne serait-ce qu'une heure, du don d'ubiquité.

IV

La devanture de la poissonnerie, petit théâtre d'honneurs bariolé, exerce sur l'enfant un considérable pouvoir de fascination ; il est vrai qu'en ce lieu ne règne que la plus récente des morts, autant dire la moins sûre. Ce matin, alors qu'il accompagne sa mère au marché comme chaque mercredi, ce sont les étoiles de mer en plastique sur les filets tendus en manière de décoration dans la vitrine qui mobilisent toute son attention. Au mois de juillet dernier, à Fontarabie, il avait assisté à une fête à l'issue de laquelle une myriade de chalutiers avaient envahi le port. Les dizaines d'étoiles de mer séchées – authentiques celles-là – qui étaient accrochées aux chaînes des bateaux avaient été enflammées au crépuscule et avaient doublé dans l'eau noire les constellations piquées dans la nuit. Que se passe-t-il alors dans la tête du Petit Muge pour qu'il insiste au point que sa mère accepte de demander au commerçant en bottes de caoutchouc s'il lui est possible d'acheter l'un de ses ersatz d'astérie ?

V

Le cours d'éducation physique se déroule dans une clairière au centre de laquelle trône Jupiter, chêne millénaire que seule une ronde de dix enfants parvient à encercler. Son houppier s'étale avec majesté et domine ceux des hêtres entre lesquels les élèves courent en file indienne, selon un circuit en huit, pour entraîner leur endurance. Au milieu du groupe qui trottine à la traîne balance doucement la queue de cheval d'Albane.

Le Petit Muge vient de couper à travers bois et blesse ses mains sur les branches des houx qui sont ici légion. Il dispose de quelques minutes avant que son professeur se rende compte de son absence. Il quitte la haute futaie et se précipite dans l'une des platières de la lande. Le sable gris à la texture de farine mouillée assourdit ses pas. Le voilà qui débouche sur une plaine humide et claire, couverte de bruyères, que meublent les profils préhistoriques de roches de grès. Il s'immobilise tout essoufflé et avise l'un de ces monstres dont la gueule béante s'élève à deux mètres du sol, presque en face du jardin de la maison d'Albane. Il repart aussitôt en sens inverse et réintègre la cohorte de ses camarades avec une parfaite discrétion. Il passera le reste de l'après-midi à observer la fillette ; ses regards la toucheront comme le vent le ciel.

VI

Les orages se multiplient en cette fin de printemps. Ils découragent les élèves de sortir en récréation. Le Petit Muge a une excuse – qui l'aurait laissé perplexe il y a peu – pour ne pas quitter la salle de cours et demeurer en la compagnie d'Albane. A présent que son plan est établi au cordeau, il ne s'en tient pas à l'observer qui mène à bien, ou à mal, sa patience ; il s'avance décidément vers elle et lui demande d'engager avec lui une partie du seul jeu de cartes dont il sait les règles, la bataille.

Nul besoin de souligner l'émotion qui lui vrille les sens au corps au moment où il s'aventure à parler à la petite à la queue de cheval. Il n'imagine cependant pas une seconde le trouble qu'il a jeté au plus intime de celle-ci ni l'étonnement qu'il suscite parmi les élèves qui les entourent. Sa démarche revêt en effet un caractère exceptionnel dans une classe d'âge où garçons et filles ne dialoguent qu'après mille détours.

Elle se tient droite, les deux pieds – elle porte des ballerines de toile blanche – posés à plat au sol. Elle demande au Petit Muge de tirer une carte et en choisit une à son tour : elle sera la donneuse. Elle bat le paquet avec dextérité, le coupe, le distribue. Son adversaire se tient penché vers l'arrière, sa main inclinée de manière que la fillette ne puisse distinguer son jeu. Pareille tricherie est pourtant inutile puisqu'il n'est pas question ici de choisir la carte que l'on met en avant.

Parfois les deux enfants se regardent dans les yeux mais c'est pour plonger sur-le-champ dans leur bataille. La chance incline du côté d'Albane, qui emporte deux parties d'affilée. Là n'est pourtant pas l'essentiel : le Petit Muge profite d'un moment d'inattention de sa partenaire, lorsque la sonnerie annonce la reprise des cours, pour s'emparer du stylo à bille qu'il gardait glissé dans sa poche et griffonner quelques mots sur une carte prise au hasard qu'il va s'empresser de replacer dans le paquet – le carton porte en l'occurrence l'emblème du carreau et a pour figure le gentilhomme Lahire. Il espère qu'elle tombera à temps sur son message : « Samedi regarde par ta fenêtre vers dix-sept heures. Viens. »

VII

Nous serions au cinéma, nous verrions inscrit sur l'écran, en préambule à ce qui va suivre, un « Jour J » à connotation militaire censé porter à son comble le suspense du film projeté. Le portrait du Petit Muge en stratège reprendrait tandis que s'achèvent chez son meilleur ami, Helmo, les préparatifs du bal masqué qu'il a lui-même supplié ce dernier d'organiser, convaincu d'être autorisé par les siens à se rendre à un goûter chaperonné par des adultes en qui ils ont confiance.

Il est seize heures lorsque le Petit Muge, déguisé en Zorro, est déposé par son père en bas de l'appartement où se déroulent les réjouissances. Et si un enfant en cape, chapeau et loup noirs – comme il était convenu – rejoint effectivement la fête quelques instants plus tard, il ne s'agit pourtant pas de lui mais d'un comparse qui a accepté de jouer son rôle muet pour une fois, tout au long du goûter, dans l'espoir de n'être pas démasqué – c'est le cas de le dire – et d'obtenir la récompense promise.

Au même moment l'insoumis, toujours vêtu de sa panoplie de justicier, après avoir attendu que la voiture paternelle disparaisse au coin de la rue pour rebrousser chemin, a pris le bus de la ligne V car elle conduit en lisière de forêt.

VIII

Un quart d'heure plus tard il atteint la platière où la végétation éparse, le sable et les roches couleur de cendre, suggèrent un paysage après éruption volcanique, quand le cratère n'a pas craché de lave mais un nuage de matières carbonisées propres à étouffer toute vie.

Il s'est hissé dans la gueule de la roche, que des marques destinées à la pratique de la varappe ou de la course d'orientation colorent à l'image de la face d'un chef indien. De son poste, il a vue sur la fenêtre de la chambre d'Albane mais il ne s'attarde pas à l'observer. Il tapisse les parois de l'antre de feuilles mortes, de fougères, glanées plus haut dans la chênaie. Il noue entre elles les extrémités de trois branches taillées en bâtons et écarte les bouts qu'il n'a pas liés, de façon à former le squelette d'un tepee en miniature d'un mètre de haut. Au sommet de la fourche il accroche, qui pend comme le pendule d'une horloge, l'étoile de mer en plastique. Au préalable, il l'a enduite d'une couche de colle à bois prête à être enflammée dont il a dérobé un pot aussi gros qu'une jante de roue de voiture dans la cabane à fournitures de la scierie du lieu-dit Le Cul-du-Chien.

IX

Le Petit Muge ne s'est pas trompé : Albane n'a pas attendu longtemps pour tomber sur son message à l'occasion d'une énième patience. Elle s'est d'abord demandé si son correspondant ne se moquait pas d'elle mais, le samedi crucial approchant, elle a abandonné ses soupçons et ne s'est plus laissé gagner que par la nervosité : elle a hâte – le mot est faible – de découvrir la surprise qui l'attend quand elle regardera au-dehors.

Nul ne pourrait imaginer à l'école – sûrement pas le Petit Muge – comment ce compte à rebours peut la mettre au supplice, elle que l'on considère comme la plus posée des enfants.

Il est bientôt dix-sept heures. Parvenue au plus fort de son empressement, elle en oublie d'obéir à l'horaire fixé par écrit et ouvre grand sa fenêtre. Elle ne voit d'abord rien dans son jardin, ni bien sûr au seuil des bois qui s'étendent au loin. L'ombre de ses sourcils accolés offusque son regard, toute sa mine trahit le désarroi, quand de nouveau elle s'illumine. Elle répond d'un salut de la main à Yanne, habillée en fée, qui l'a vue à sa fenêtre du fond de son garage à l'instant où elle allait entrer dans la voiture familiale, et qui lui propose de l'accompagner à un bal masqué qu'elle aurait sans aucun doute ignoré si le Petit Muge n'avait eu l'idée de l'inviter à l'y rejoindre d'une si étrange manière.

X

Albane ne viendra plus. Le Petit Muge a perdu espoir. Il se sent aussi triste qu'humilié. Son étoile se consume dans le vide et libère une fumée opaque qui lui pique les yeux. Est-ce la fatigue qui l'engourdit ou bien les vapeurs d'alcool qu'exhale le pot de colle qui le plongent dans un demi-sommeil ?

Si quelqu'un se tenait dans la chambre d'Albane quand celle-ci l'a quittée, il ne verrait plus l'étoile briller au creux du rocher, mais de lourdes flammes s'échapper du refuge de pierre.

Le Petit Muge endormi n'a pas eu la prudence d'éteindre son étoile. Après avoir détruit le gibet qui la portait, elle a incendié le tapis de feuillages pour finir par embraser la cape en nylon de l'enfant costumé.

GALILEO GALILEI

Il est quatre heures de la nuit. Ferraguste descend à pas lents la rue d'Alcide en direction du Port-Vieux. Il marche sans crainte au milieu de la chaussée à sens unique car à cette heure tardive il entendrait venir de loin la voiture qui risquerait de le faucher. La ville est calme. Aucun véhicule ne doit se déplacer de là où il se trouve jusqu'au phare, à l'autre extrémité du front de mer. Il ne croise pas un piéton. A croire qu'en ce 9 août ceux qui ne dorment pas se pressent, vacanciers et autochtones mélangés, dans les lieux de plaisir de la cité balnéaire.

Ferraguste vient lui-même de sortir du *Caveau*, la plus ancienne boîte de nuit de la Côte. Il s'y rend pour observer une population toujours dense s'adonner à des ébats toujours pareils. Les réjouissances se déroulent autour d'un bar repeint en mauve ou en bas des onze marches d'un escalier en colimaçon, sur une piste aussi sombre qu'exiguë. Les joueurs de rugby entreprennent des jeunes filles aux paupières orange ; les séductrices sur le retour reluquent des plagistes; les notables se déboutonnent auprès des folles qui sont ici chez elles.

Entouré de cette foule se trémoussant, il est souvent pris d'un sentiment de pitié dont il ne s'exclut en rien. Tous, lui y compris, participent au même naufrage et tentent d'oublier, en un émouvant effort d'euphorie, le trou dans la coque du navire, l'eau qui monte et la condition de mortel.

De fait, il se sent moins seul sous les projecteurs clignotants du club. D'ailleurs, c'est sans doute le besoin de fuir cet isolement qui lui fit vaincre adolescent sa timidité et se mêler pour la première fois à la clientèle pléthorique du *Caveau*. Aujourd'hui comme hier, il reste dans un coin, près du comptoir. S'il souffre un léger malaise, ce n'est plus à cause de sa timidité mais au contraire en raison de la frivolité qui semble avoir eu raison de lui.

Depuis une dizaine de minutes, il éprouvait la brûlure d'une sorte de gifle au cœur et l'impression de sa vacuité ne cessait de le mordre. Personne, même pas l'impertinente aux bottes de cow-boy dorées qui lui décochait des œillades debout sur une table basse en inox, n'éveillait plus en lui la moindre curiosité. Il lui avait alors paru urgent de tirer sa révérence et de quitter l'atmosphère surchauffée de la discothèque en glissant sa silhouette de grand échalas sous l'enseigne qui macule de son rose électrique le trottoir autour du pas de la porte.

Ses oreilles bourdonnent encore du vacarme syncopé que déversaient les enceintes aux quatre coins du bar.

Pourtant, il ressent déjà cette espèce de joie qui le galvanise à chaque fois qu'il s'extirpe d'une assemblée nombreuse. Il n'a pas toujours la force d'âme de se retirer de la scène de cette façon, convaincu, après que le divertissement proposé par l'établissement a produit son effet, que le jeu n'en vaut pas la chandelle et que l'aventure – avec tout ce que ce terme peut receler d'oubli de soi, voire de perdition – ne sera pas au rendez-vous.

Pas un souffle de vent dans l'air tiède mais, toute proche, la rumeur des vagues qui se déroulent le long du rivage. Face à lui, en bas de la rue qui dévale le flanc du plateau de l'Atalaye, le dos éblouissant de l'Atlantique. La lune éclaire la petite plage que Ferraguste ne distinguera pas avant d'avoir tourné à droite devant l'anse rocheuse du havre et orienté sa promenade vers l'esplanade du rocher de la Vierge. L'odeur de l'océan est forte à présent et il l'entend qui gronde et mugit du plus loin de l'horizon.

Ferraguste s'avance sur la passerelle qui relie l'esplanade au rocher. Les planches de bois que supporte la structure métallique dessinée dans les ateliers d'Eiffel sont espacées de deux à trois centimètres. Il regarde sous ses pieds le chaos du ressac tour à tour engloutir puis dénuder de gros blocs de pierre couverts d'une couche de nummulites pareille à une peau de varan. A la vue de ce spectacle tout de turbulences et d'effusion il se dit que l'océan a un instinct d'orage ; il s'en veut aussitôt de s'être laissé aller à concevoir une image d'une telle emphase bien qu'il reconnaisse à la métaphore la vertu d'ajouter des mondes au monde, et donc de permettre l'évasion par excellence.

Il traverse le tunnel percé dans la niche que coiffe de phosphorescence la statue de Marie, et se porte à la pointe de la jetée inachevée qui lui succède. Il pose une cuisse sur le parapet en ciment et profite du panorama qui s'étend devant lui de la barre de l'Adour à la côte Cantabrique. Quand son regard contourne la villa Belza – son architecture n'est pas sans rappeler celle de la maison de Norman Bates et de sa maman dans *Psycho* –, il distingue la falaise de la Hurlade dont le schiste opalin date en partie de l'éocène, ainsi qu'il est noté au verso des cartes postales que vendent les bazars du coin – on l'aura compris, nous sommes à Biarritz.

Ferraguste en est à compter les croix dressées par les veuves de marins sur les écueils qui entourent l'îlot, quand il devine dans son dos une présence que ni l'horaire ni le vide des rues ne pouvaient lui laisser prévoir. Il croit d'abord qu'un jeune garçon ébouriffé se dirige vers lui sur la pointe des pieds, pareil à Peter Pan poussé par les pirates sous la férule du capitaine Crochet. Mais la fine créature s'approche si bien que Ferraguste est vite en mesure de la dévisager. A la lumière d'ivoire que répand la lune, ce soir pleine comme une pomme de cendre, il découvre une fille aux cheveux courts et bleus, au regard gris de louve, la peau mouchetée de grains de beauté. Sa bouche ronde est le sceau qui clôt de noir l'enveloppe de sa face. Les mains dans le dos, elle semble répondre à quelque avertissement. Elle porte un tee-shirt un peu moins clair que sa chevelure – sans doute est-elle blonde à la lumière du jour – soulevé par deux petits seins pointus, une jupe-culotte et des espadrilles qui s'effilochent.

La visiteuse du soir est venue se poster tout près de Ferraguste. Elle s'est hissée sur le marchepied en fer d'une longue-vue que les touristes mettent en action avec une pièce de cinq francs pour scruter la côte. Droite sur son piédestal, elle incarne la figure de proue, à l'air forcément mutin, du vaisseau qu'est le rocher de la Vierge. Pas un mot, pas un coup d'œil pour son voisin qui l'observe en se demandant quelles paroles lui adresser. Une expression lui vient alors en tête, qui n'est pas de lui mais qui s'impose à son esprit : « De quelles étoiles sommes-nous tombés pour nous rencontrer ici ? » Cette phrase prend, l'instant d'une seconde, la forme de la flèche de Diane qui touche sa cible sans avoir à viser. Elle a d'autant plus de résonance en sa destinataire que cette dernière ignore que ce n'est pas Ferraguste son auteur, mais Nietzsche qui interpella Lou Andreas-Salomé en ces termes lorsqu'il la rencontra pour la première fois dans l'une des chapelles de la basilique Saint-Pierre-de-Rome.

La fille aux cheveux bleus se tourne vers son interlocuteur et commence à lui parler. Elle emploie un ton aussi docte que précipité et libère un flot de propos semblant ne pas pouvoir se tarir.

Qui êtes-vous pour me parler d'étoiles et toucher ainsi, comme par hasard, au plus vif de mes intérêts?

Depuis que j'ai claqué la porte du domicile où ma mère et moi passons les vacances et nous sommes disputées, j'ai croisé de nombreux garçons qui n'auraient pas détesté converser avec moi. Pourtant, aucun n'a eu le flair de me parler des beautés de l'espace. Quand il ne péchait pas par banalité – ce dont je m'efforce de ne pas leur tenir rigueur –, leur discours était pétri d'obscénités. Que d'ignorance en eux, et de tristesse rentrée, pour n'avoir que des provocations salaces à débiter à une fille telle que moi, prête à se lier à eux si elle n'avait acquis assez d'expérience pour savoir que ses bavardages leur déplairaient car, je vous l'assure, ils ont l'art soit d'ennuyer soit d'exaspérer le malheureux qui aura commis l'imprudence de vouloir en savoir plus à leur sujet.

Ne commencez-vous pas vous-même à vous impatienter? Je parle en connaissance de cause. J'ai beau n'avoir pas aimé et porter au creux de mes vingt ans l'hymen virginal, j'ai rencontré assez de représentants de la gent masculine pour que le sens des mots rejet, humiliation, *me soit devenu familier. Or vous, dès votre exorde, avez su capter mon attention en m'inspirant confiance. Votre phrase est peut-être un truc de séducteur, tant pis, vous êtes mal tombé, car je ne vois que des sœurs au-dessus de votre tête et elles me sont trop chères pour que je ne veuille pas croire que le beau parleur qui les convoque devant moi souffrira beaucoup que je m'entretienne d'elles avec lui.*

C'est vrai, voilà deux ans que j'étudie la physique dans l'espoir de me spécialiser en astronomie. Passer le plus de temps possible à l'analyse des corps fabuleux qui composent l'univers est ce à quoi j'aspire de toutes mes forces. Pour l'instant je me contente de plancher à l'université sur les notions de mécanique et de thermodynamique. Ça n'est pas folichon, j'en conviens, mais pour citer Hawking – sa Brève histoire du temps *est mon livre de chevet : « L'homme se situe à mi-chemin entre les atomes et les galaxies. S'il veut approcher celles-ci il doit au préalable se pencher sur ceux-là. »*

Je ne vous soûle pas trop ? C'est votre faute après tout, vous ne m'interrompez pas. Au contraire, votre façon d'écouter en ne me quittant pas des yeux m'encourage. Plus je vous parle, plus je me sens vôtre. Si j'osais, et en réalité ce soir j'ose comme jamais, je vous avouerais que le désir charnel que je croyais s'être absenté de moi depuis des années se rappelle à mon souvenir à mesure que nous causons.

Entre parenthèses – j'ai conscience d'outrepasser pour de bon les limites de la bienséance – je n'imagine pas que ma défloration puisse se dérouler selon des normes ordinaires. Quand j'y pense – cela m'arrive –, je rêve du rituel minutieux au cours duquel je m'offrirai d'abord dans mon entière nudité, sur la terrasse la plus élevée des falaises de la Hurlade, à cette heure de la nuit à peu près, au regard de celui qui deviendra mon premier amant. Il m'épiera longuement à l'aide d'un télescope pareil au perspicillum du divin Galilée, disposé sur la tourelle sud de la villa Belza. Ce n'est qu'après trois séances d'observations nocturnes qu'il aura le droit de me rejoindre et de profiter de tout ce qu'il aura contemplé.

Mon Dieu, que me faites-vous raconter ? Je ferais bien de changer de sujet et de revenir à mon domaine de prédilection, quoique, si vous me permettez, dans l'un et l'autre cas nous ne nous éloignions guère du septième ciel. Quitte à vous découvrir mes pensées les plus intimes, j'ai bien envie de vous livrer mon grand secret : durant mes études, j'ai conçu une théorie, monsieur, que j'ai baptisée l'« hypothèse Yaël » à partir de mon prénom – au diable la modestie. Laissez-moi vous l'exposer.

Je ne m'attarderai pas sur les détails du big-bang mais j'ai besoin de survoler ce paradigme de l'astrophysique moderne pour énoncer l'« hypothèse Yaël », car il la fonde en quelque sorte. Je résume : pendant les quelques instants où l'univers infiniment petit et dense prend son expansion sous l'effet d'une chaleur inconcevable, les formes, les matières, les gaz se combinent pour fomenter les galaxies, les nébuleuses et autres trous noirs, qui se disperseront dans l'espace et le temps déployés. Mon idée, c'est qu'au cours de ce millième de seconde décisif une combinaison identique à celle qui a produit la Voie lactée a pu être crachée de l'autre côté de notre ciel.

Si l'« hypothèse Yaël » était vérifiée, cela signifierait qu'une seconde terre, en tout point identique à la nôtre, a vu le jour à la même seconde – dans un système solaire lui aussi en tout point identique au nôtre – et a suivi la même évolution. Il ne s'agit pas seulement d'une planète ressemblant à celle-ci, mais de son double absolu, comprenez-vous ? Deux mondes simultanés, semblables à l'atome près, soumis aux mêmes lois physiques, chimiques, et biologiques, existent en deux points différents de l'univers.

Sur ces deux terres la même lave s'est éteinte, la même glace a fondu, les mêmes continents ont dérivé, le même règne animal puis humain a prospéré. Sur ces deux terres, un vent léger a soulevé la chevelure de Salomé quand on lui a apporté la tête de Jean, Milton a achevé aveugle son Paradis perdu, *la même vague a glissé sur un rivage de Bahia le 4 janvier 1831 à vingt heures précises. Sur ces deux terres, les mêmes nuages sont passés dans le ciel du Far West, la même jeune fille a pleuré lors du dernier concert de Bill Evans à Paris, et les mêmes tapas sont à déguster au bar Jean, ici, rue des Halles. Sur ces deux terres, un crocodile plonge en ce moment sa tête dans les eaux du fleuve Zaïre alors que Yaël explique son hypothèse à un monsieur qu'elle ne connaît pas.*

D'ailleurs, si vous saviez, je songe en permanence à elle, à cette autre Yaël qui songe en permanence à moi. Elle est plus que ma sœur siamoise, plus que mon alter ego, et moi qui n'ai aucune attirance pour les personnes de mon sexe, je dois bien reconnaître que je m'abandonnerais sans mal à ses caresses, si d'aventure nous nous rencontrions un jour. Quelle expérience merveilleuse ce serait : Narcisse ne se noyant pas, mais enlaçant son reflet qui l'enlace. Souvent, je lève les yeux au ciel. Alors je sais qu'elle me cherche du regard.

Elle est en moi et partout à la fois. Vous aussi désormais vous pourrez penser à votre sosie céleste maintenant que l'autre Yaël et moi nous vous avons mis au courant de vos existences réciproques. Finie la solitude.

*Mais il est si tard, je dois rentrer. Ma mère va me tuer. Excusez-moi. Vous allez me prendre pour le lapin d'*Alice au pays des merveilles : Oh dear, I shall be too late.

Ferraguste s'efforce de la retenir en lui posant quelques questions mais elle est retombée dans la sorte de réserve que lui impose une timidité qu'il n'avait pas détectée. Elle regrette peut-être déjà d'avoir révélé son secret, l'« hypothèse Yaël », à un inconnu. Il la voit qui disparaît à reculons dans la bouche béante du tunnel du rocher. Ce n'est pas Lewis Caroll qui lui vient à l'esprit mais un verset du Cantique des cantiques – bibliothécaire, on n'a rien de mieux à faire que de mémoriser des citations du plus bel effet : « Quelle est celle-ci, apparue comme l'Étoile du matin, belle comme la lune, lumineuse comme le soleil, et redoutée comme un étendard ? »

Il est quatre heures quarante-cinq. L'œil de la nuit diffuse avec moins d'acuité sa froide illumination sur le littoral. Ferraguste aimerait que Yaël soit encore à ses côtés pour lui demander si elle le laissera un jour donner un nom d'étoile à ses grains de beauté. Sur son dos et ses fesses : Alcor, Alkaïd, Alioth, Cor et Caroli ; à ses chevilles : Albineo et Vesperus ; son sein droit s'appellera Andromède, Éridan le gauche, car ils sont deux constellations ; près du nombril Jupiter et sur les cuisses Epsilon et Mercure.

Les pensées de Ferraguste prennent à cette minute, comme par incidence, une courbe rapide qui les ramène à ce que Yaël lui a dit, juste avant de s'enfuir, des raisons qu'elle a eues de s'échapper ce soir de chez elle. Elle était tombée, en fouillant les tiroirs de la maison, sur une photographie représentant deux nouveau-nés enveloppés dans un linge au fond d'un même berceau. Cette découverte a semble-t-il eu le don de mettre sa mère assez mal à l'aise pour que celle-ci finisse par sortir de ses gonds.

Yaël aux cheveux bleus danse sur les reflets de quartz de l'océan. Quelque part dans l'espace, sa jumelle parfaite virevolte au gré des rêves d'un autre Ferraguste.

LA BANDE DESSINÉE

A l'instant où elle referme sur elle la portière du taxi, un frisson de bien-être parcourt l'échine de Léone. La fraîcheur de l'habitacle, réglée sans doute grâce à un système de climatisation, la ravit autant que le cuir noir de la banquette. L'impression de sécurité, de confort et de puissance que lui procure le véhicule à la carrosserie de métal bleu nuit n'est pas pour lui déplaire, elle qui vient de se faufiler sous une chaleur caniculaire le long des trottoirs bondés d'une avenue commerçante. « La preuve du pire, c'est la foule », se répète-t-elle, mais cette fois sans parvenir à se rappeler l'auteur de cette phrase qui a pour elle valeur de fétiche. Comme pour illustrer sa pensée, le chauffeur, au passage du feu au vert, lâche la pédale de frein et appuie sur l'accélérateur de manière à passer au plus vite les vitesses supérieures et à lancer sa voiture, ainsi que sa passagère, loin de la cohue qu'elle veut fuir.

La direction prise est celle de l'aéroport où un avion l'emportera, avec plus d'urgence encore que le taxi, à l'écart de la vie grégaire. Elle pense à son amant qui l'attendra à l'hôtel dès son arrivée et profite avec le plus d'intensité possible de cette seconde pour prendre conscience de leurs corps se rapprochant dans l'espace, à l'allure la plus vive qui puisse être aujourd'hui, avant de s'unir chambre 607 entre chien et loup. De quoi lui parlera-t-elle au moment de l'étreinte – car ils aiment alors à dialoguer, autant pour le plaisir d'élever leurs jeux sensuels à la puissance des mots que pour celui d'avouer l'inavouable et de mesurer aux modulations de leurs voix l'état d'excitation qu'ils atteignent l'un et l'autre ? Peut-être lui murmurera-t-elle quelques indécences au sujet de Celia, sa meilleure amie, qu'elle imagine souvent lui dispenser de la bouche les caresses qu'elle s'administre en solitaire. Il s'en faut d'ailleurs de peu pour que, à cette idée, et ce malgré la présence de l'homme au volant, Léone ne glisse ses doigts entre ses cuisses, qu'un pantalon corsaire galbe comme il faut. Ce ne serait pas une première, mais nous sommes en l'occurrence en plein jour et elle n'aimerait pas offrir dans le rétroviseur un spectacle trop explicite au voyeur qui ne tarderait pas à se révéler en lieu et place de qui la conduit.

Afin de refréner son désir, elle trouve une diversion en plongeant sa main dans le havresac de toile kaki qu'elle a emporté avec elle pour tout bagage. Elle en ressort l'ouvrage qu'elle vient d'acheter à son amant en guise de cadeau de retrouvailles. Il s'agit d'une bande dessinée dégottée dans une boutique au désordre de capharnaüm, où s'entassent au hasard les livres les plus divers pourvu qu'ils soient marginaux.

C'est la couverture souple de la publication au format de poche qui a attiré son attention. Le contraste entre l'illustration placée sous le signe d'un Éros maniaque représentant le visage d'une jeune femme bâillonnée et la tonalité pompeuse du titre, *L'Avenir retrouvé*, inscrit au-dessus de la suppliciée, l'a suffisamment intriguée pour qu'elle acquière le fascicule de cinquante pages sans réfléchir davantage.

Maintenant qu'il lui est loisible de parcourir le livre, elle se rend compte que ce qui l'a séduite de prime abord – ce décalage si voisin du trouble, entre ce qui est montré et ce qui est dit – exerce son charme tout au long de l'histoire : les attitudes d'une captive de vingt ans au plus, questionnée, examinée par toutes sortes d'hommes en toutes sortes de lieux, est le prétexte à un propos dont la teneur échapperait à Léone si elle ne se décidait à lire in extenso les légendes correspondant aux dessins imprimés en noir et blanc.

L'héroïne du récit n'a pas de nom à ce qu'il paraît, mais un physique – blondeur nordique, yeux immenses, hanches rondes – et un rôle de suspecte propres à susciter la convoitise. L'aventure débute dans les locaux d'un commissariat de police. A lire par-dessus l'épaule de Léone à son insu – n'est-elle pas le pantin de notre imaginaire ? –, on comprend que la belle bâillonnée a été menée là sur dénonciation. Elle aurait oublié – « acte manqué », diagnostiquera l'individu le moins féru de théorie psychanalytique – un journal intime dans un lieu public ; celui ou celle qui l'a recueilli a jugé ces pages assez étranges pour estimer de son devoir d'alerter des autorités qui se veulent sourcilleuses quant à la morale mais ne sont que curieuses.

On supposait, à la vue de l'écharpe qui la réduisait au silence, qu'elle avait donné de la voix pour appeler à l'aide ou, mieux encore, pour insulter ceux qui l'avaient enlevée manu militari. Pourtant, aucun son ne s'échappe d'entre ses lèvres joliment ourlées quand on la libère.

Elle refuse de s'expliquer à propos tant de ses notes – hostiles au système politique au service duquel officient les agents qui l'entourent – que de la forme à laquelle elle a eu recours. En effet, moins que ses considérations de séditieuse, c'est le sabir utilisé pour les exprimer qui rend les enquêteurs perplexes.

Leur incrédulité est telle qu'ils préfèrent déléguer la responsabilité d'investigations approfondies à un service de psychiatrie. Le trajet qu'effectue l'héroïne sous bonne escorte vers un hôpital de banlieue permet au dessinateur et scénariste de livrer quelques aperçus de la ville dans laquelle l'action se déroule. Monuments, galeries marchandes, architectures monolithiques se succèdent, instaurant le climat d'un monde où l'idée de liberté, si elle n'a pas été anéantie, n'est plus de mise. Et de convoquer les clichés que des fables plus ou moins géniales ont inventés puis colportés sur le thème de l'univers totalitaire.

Ce qui retient cependant Léone et l'empêche d'interrompre sa lecture réside dans l'intérêt qu'elle porte à ce qu'écrit l'héroïne sur son cahier et qui eut le don de dérouter les forces de l'ordre.

Léone tourne les pages de la bande dessinée à un rythme plus soutenu quand le taxi, qui était resté muet jusque-là, lui adresse la parole. Ils viennent de passer devant l'entrée d'une discothèque où, raconte-t-il, il a « chargé » une femme superbe la nuit précédente. Cette inconnue lui aurait confié que, pour se venger d'avoir contracté le virus du syndrome d'immunodéficience acquise auprès de son mari infidèle, elle venait de contaminer par la voie sexuelle une vingtaine d'hommes dans les toilettes de cet établissement.

L'anecdote afflige Léone, et par son côté sordide, et parce qu'elle a interrompu sa lecture. Bien que les dires du conducteur lui semblent véridiques, elle se demande pourquoi il n'a pas précisé dans quelles circonstances la femme en est venue à passer aux aveux. Il lui paraît plausible que cette dernière ait inventé son crime à l'instant où, dans un endroit reculé de la ville endormie, le chauffeur peut-être violent lui a proposé, ainsi qu'il en va parfois, de payer sa course en nature.

Il ne lui en faut pas plus pour craindre que le présumé satyre ne lui réclame ce dont il a dû se passer par prudence la veille. Léone se voit détournée de sa route initiale, kidnappée derrière le rideau de fer du garage où l'homme a ses habitudes. Il débloquera les portières dont il a déclenché le verrouillage d'une pression sur un bouton de commande ; il la roulera dans la sciure imbibée d'huile de vidange qui couvre le sol du hangar puis il la relâchera aux abords d'une zone industrielle.

Certes cette perspective l'effraie, mais elle reconnaît en son for intérieur que sa disposition d'esprit serait différente si son amant assistait et présidait d'une certaine façon à l'outrage du chauffeur. Elle ne s'étonne pas d'être prête à se livrer de la sorte sous l'égide de celui qui la déflora il y a quinze ans et qu'elle n'a jamais même eu envie de délaisser un jour depuis : Celia aussi considère qu'une pareille monogamie est le comble de ce que les prix de vertu nomment perversion.

Le taxi poursuit néanmoins sa route sans prendre de tangente. Léone peut continuer sa lecture en toute tranquillité et retrouver son héroïne scandinave assise le dos droit sur un tabouret fixé au parquet d'une pièce nue. On lui a enlevé l'imperméable qu'elle portait depuis le début de sa garde à vue et on la découvre en pantalon blanc et haut de survêtement à capuche. Derrière les vitres grillagées des fenêtres de son lieu de détention s'étend un parc planté d'arbres feuillus : nous ne sommes pas en hiver.

Après l'avoir soupçonnée de déficience mentale, les autorités en charge de son dossier se demandent si elle n'a pas mêlé, en guise de code, plusieurs idiomes à la trame de ses réflexions. Mais pourquoi, en ce cas, avoir laissé une signification si intelligible à ces dernières ?

Car ce n'est que la forme qu'elle a donnée aux verbes de ses phrases qui pose problème aux enquêteurs. Ainsi, à l'heure de solliciter des traducteurs, les médecins soupçonnaient simplement la jeune dissidente d'être analphabète sur le chapitre des conjugaisons.

Les spécialistes des langues étrangères qui se penchent sur le journal de la prévenue ne mettent pas longtemps à conclure qu'elle n'emploie, à leur connaissance, aucune des variations verbales des dialectes répertoriés dans le monde contemporain. Le visage de l'un des experts s'étale alors en gros plan sur une demi-page : il a l'intuition que l'identification des formes fléchies des verbes du texte incriminé ne relève pas d'un problème à poser en termes de pays ou de régions mais en termes d'époque. Les notes consignées dans cette pièce à conviction se combinent à des temps obsolètes, oubliés.

La planche suivante s'ouvre sur une vue du pavillon d'un nouveau protagoniste, le professeur. Le seul individu à qui le régime a accordé, au cas où, le droit d'étudier l'histoire de la grammaire, cette discipline aussi complexe que dangereuse semble-t-il, vit en résidence surveillée. En raison de son nez aquilin, il est difficile de ne pas lui trouver un profil d'oiseau de proie lorsqu'il s'approche de la jeune Nordique, auprès de laquelle on l'a mené en voiture banalisée. La vignette qui les représente tous deux n'est pas sans évoquer l'image d'Épinal d'un rapace ouvrant ses serres sur la robe blanche d'une agnelle.

Les dessins qui succèdent au face à face liminaire perdent cet accent d'agression. L'émotion du professeur est criante quand il déchiffre le journal intime de la suspecte : pour la première fois de sa vie, il rencontre un être sachant comme lui s'exprimer en usant du futur et du conditionnel, ces plaques architectoniques du langage qui soulèvent le réel jusque dans les sphères du possible et qui n'ont plus cours dans le monde que décrit l'auteur de la BD. Rien d'étonnant à ce qu'en retour l'héroïne accepte de parler à son unique véritable homologue.

Deux scènes en flash-back se répondent alors. D'abord la fille du Septentrion explique comment, insatisfaite de son existence, refusant de se fondre dans une famille ou dans un groupe social, elle est tombée sur un livre qui a changé sa vie, comme on dit d'ordinaire en mentant. Elle travaillait à l'entreprise de pilon général de la ville quand elle a découvert dans les archives de l'usine le livre d'Isaïe, le premier ouvrage où se manifeste ce que l'on qualifiera de scandale métaphysique : l'entrée en vigueur d'une conjugaison, le futur, qui projette le sens d'une pensée au-delà du présent. Quelque chose s'est libéré en elle, qu'elle n'a pas compris sur le moment mais qu'elle a fini par saisir en étudiant d'autres livres promis à la destruction puis en écrivant son journal selon les perspectives messianiques qui s'offraient désormais à son esprit.

Ensuite, à la demande de la mise en examen, le professeur explique, avec un peu de didactisme il est vrai, en quoi consista le processus d'extinction des modes de la prophétie, de la prévision et du doute. Quand la technique a repoussé à volonté les limites de la mort et qu'elle a rendu usuelle une procréation quasi immédiate, quand les désirs ont fait place à l'autosuffisance et que l'instantanéité de toute fonction est devenue la règle, il n'y eut plus rien à attendre. La fréquence des lieux communs, des slogans insignifiants, la suprématie larvée d'une sorte d'idéologie de la dérision figea le territoire linguistique sur une carte qui n'épousait plus que des points arbitraires du paysage des faits. Le fonds vivant des sensibilités se racornit, l'idée de promesse, comme celle de danger, tomba en désuétude et la syntaxe s'appauvrit. On avait cru que la tyrannie continuerait à faire table rase du passé en promettant des lendemains qui chantent; elle rendait l'avenir inutile au seul bénéfice de sa pérennité.

L'automédon s'est vexé car Léone a gardé le silence malgré ses tentatives pour entamer une conversation. Il allume son poste de radio et en augmente inconsidérément le volume. Ils viennent de passer l'échangeur du périphérique et roulent à présent à vive allure sur l'autoroute. A l'horizon, au niveau de l'aéroport international, les fuselages des avions dessinent deux lignes en pointillé, l'une ascendante, l'autre descendante, qui lient le ciel et la terre et amorcent les passages où l'amoureuse va s'envoler.

Pour l'instant celle-ci est agacée par le bulletin d'information que diffusent à tue-tête les enceintes dont est équipée la berline. Elle va bientôt terminer la bande dessinée et souhaiterait rester concentrée jusqu'à l'image finale. L'album s'achève sur une note d'espoir dans le style happy end : la prisonnière et le professeur, les deux êtres qui ont le futur pour point commun, décident de s'enfuir ensemble.

Léone se demande si ce n'est pas à la pensée de la fugitive scandinave plutôt qu'à celle de Celia qu'elle s'échauffera de plus belle dans les bras de son amant. Elle paie le conducteur et claque la portière du taxi après qu'il s'est immobilisé devant le hall de verre de l'aéroport. Dans quelques heures elle atteindra les antipodes.

FEU LA NEIGE

Place Louis-XIV. Nul ne peut soupçonner la femme qui double le kiosque Belle Époque, au milieu des platanes en charmilles, du forfait qu'elle vient de commettre. La jupe de son tailleur gris s'arrête au-dessous de ses genoux ; ses cheveux sont noués en un chignon parfait qui n'est pas sans rappeler une petite corne d'abondance ; ses escarpins de soie noirs frappent le sol à un rythme régulier. Qui pourrait se douter qu'une personne à la mise si élégante est en réalité une cambrioleuse de haut vol sortant à l'instant de la maison de l'Infante, son butin glissé dans un sac à main en trapèze couleur de sang séché ? C'est certain, le premier atout de la criminelle réside dans son apparence frappée au sceau d'un classicisme un peu désuet. Elle repère, agit et disparaît sans attirer l'attention des employés de la sécurité qui continuent, malgré les consignes de méfiance, à croire à un Arsène Lupin portant gants blancs, haut-de-forme et cape noire à l'heure de ses exploits.

Elle laisse le port derrière elle et s'apprête à remonter la rue de l'Église en direction de la digue-jetée. Dans son sac, elle emporte la bague de fiançailles qu'offrit le souverain à Marie-Thérèse d'Autriche : un anneau d'or surmonté d'une topaze dont l'éclat est assorti à la chevelure blonde de celle qui le dérobe. D'ordinaire, l'experte ne se consacre pas aux bijoux – trop de risques –, mais en ce cas le commanditaire s'est montré généreux et le système d'alarme des plus rudimentaires. De temps à autre, il ne lui déplaît pas de s'intéresser – voilà que passe une belle litote – à une bague. Cependant ses connaissances et sa réputation auprès des collectionneurs sans scrupule la conduisent d'habitude à avoir de la curiosité pour la vaisselle du XVIIIe siècle, en particulier les verres à vin. Coupes coniques à la surface gaufrée et aux pieds à balustres en provenance des Pays-Bas, coupes en forme de tulipe aux pieds de mûres de la région de Bohême, entre autres, ont souvent joui de son tour de main pour quitter les vitrines des musées et gagner les étalages de velours des cabinets d'amateurs. Bref, elle est maudite de Bruges à Cologne.

L'homme qui observe la femme en tailleur gris tournant l'angle de la rue de l'Église, et qu'à notre tour nous avons observé, est installé à la terrasse du café Majestic qui donne sur la place. Il s'appelle Dalmas et n'est pas policier. S'il a incriminé de la sorte cette passante ce matin, c'est que sa tournure d'esprit l'invite à prêter aux gens des manies, des vices, des secrets, en rapport avec l'impression que ces derniers lui inspirent. En l'occurrence, il lui a été agréable de soupçonner cette femme, à l'allure bien circonscrite dans le cadre des conventions, de vivre à l'insu du monde et, à la lettre, « hors la loi ». Le fait qu'une sirène de police ait retenti à l'instant où l'inconnue s'engageait devant lui, dans l'espace ceint de façades espagnoles et de balcons à consoles, ne doit pas être pour rien dans le contenu de sa rêverie. La distance que dénote une telle beauté entre ce qu'elle paraît et ce qu'elle est revêt d'ailleurs à ses yeux un charme certain. Rien ne l'ennuie autant, aussi attirante soit la personne, que celle dont on ne peut douter qu'elle se trouve là tout entière aussitôt qu'elle se présente.

Quand la femme est apparue, Dalmas allait se lever et traverser l'esplanade principale en sens inverse pour se rendre à la maison de l'Infante, justement, dont il photographie depuis trois jours les armes insolites. Il a dans l'idée de proposer son reportage à la revue d'art aussi raffinée qu'exigeante, dont les initiales constituent d'un point de vue phonétique en français une sorte de manifeste ironique : FMR, du nom de son fondateur, Franco Maria Ricci.

De sa place Dalmas pouvait contempler la façade de la maison de l'Infante sur laquelle s'était inscrite, il y avait deux minutes, la silhouette de la prétendue cambrioleuse. Avec ses deux étages de loggias à fines colonnettes encadrées par deux tours carrées percées de hautes baies et sa décoration de motifs géométriques roses, elle n'est pas sans rappeler un palais vénitien. Et

Dalmas, tout à l'élan de son imagination, de voir sa distinguée filoute, masquée de plumes, crissante de taffetas et emmitouflée jusqu'aux chevilles, faire voler ses escarpins au-dessus du pavé verdâtre et empuanti du Fondamenta Nuove.

Déjà le photographe s'est levé. Renonçant à travailler, il a décidé de suivre la blonde au pas furtif. Le lui demanderait-on à ce moment qu'il affirmerait être prêt à la suivre au bout du monde – quand bien même le précipice prophétisé par les anciens serait au rendez-vous – s'il lui était donné là-bas d'apprendre qui elle est.

Le froid a rebuté les clients du café. La terrasse du Majestic est vide mais Dalmas n'a pas à attendre le serveur pour régler : il a l'habitude de payer d'avance pour être en mesure, ainsi qu'aujourd'hui, de saisir – quelle qu'elle soit – l'occasion au vol.

Une autre version du début de cette même histoire, celle qui s'approche au plus près de ce que l'on s'accordera à désigner comme étant la vérité – avec les précautions qu'il est d'usage de prendre quand on se hasarde à employer un si fumeux concept –, est à la fois plus simple et plus dramatique.

Avant de suivre le quai de l'Infante et d'aboutir sur la place Louis-XIV, où nous l'avons rencontrée, Geneviève Arnim a longé la promenade sur la crête du perré qui protège les habitations en front de mer. Elle a marché devant des vérandas, des passerelles, des pergolas dessinées dans le style 1900. L'odeur de marée au jusant s'exprimait avec moins de vigueur qu'en pleine chaleur. Les volets clos des villas désertes ajoutaient à l'atmosphère fantomatique propre aux stations balnéaires hors saison.

Si Dalmas avait surpris Mme Arnim à cet instant, il n'aurait pas vu une voleuse fuyant la salle des trésors, mais une errante aux vêtements de brume jetant au large son regard vide, une ombre coiffée d'or se découpant sous un ciel de fer-blanc. Il n'aurait sans doute pas eu de mal à en conclure qu'elle arrivait de la rue Vauban, au bout de laquelle s'ouvre, ou se ferme c'est selon, le cimetière municipal.

Pour la troisième fois en trois semaines, en effet, Mme Arnim était venue fleurir d'un bouquet de jacinthes la tombe de son mari. Cela dit, il aurait été impossible à quiconque ne vivrait pas dans le repli de ses pensées de deviner quel était le sentiment que notre héroïne retirait de son état de viduité. Elle arpentait le perré avec une impassibilité d'automate et c'était à croire qu'elle n'aurait pas bronché si l'océan s'était levé d'un coup de sa couche sablonneuse pour l'emporter au loin entre ses crocs d'écume.

De sa main nue, elle avait posé les fleurs à hampes charnues sur le marbre incrusté. Puis elle avait renfilé son gant en cuir de chevreau, prenant soin de lisser chacun de ses doigts avec lenteur. Dalmas, toujours lui, n'aurait alors pas avisé une malfaitrice ni une esseulée mais une femme aux grandes mains, dressée un peu à côté de la tombe de son époux, savourant tant et plus le contact du cuir sur ses paumes, ses jointures et ses ongles.

L'homme poursuit sa filature dans les ruelles de cette ville qui se nommait encore naguère Saint-Jean-de-la-Boue. Il songe aux glorieux siècles qui virent le port être le repaire des corsaires et des baleiniers avant que des familles comme il faut, selon l'expression consacrée, y emménagent ou bien y séjournent lors de leur villégiature. Il ne suffit pas qu'il chausse son appareil photographique d'un objectif énorme pour saisir les accidents, les plaies, de la cité. L'idéal de sa population est bien la propreté et ce qui ressemble à une tache dans le décor est camouflé. Ne chasse-t-on pas les mendiants par décret ? Il est vrai qu'ils sont pareils à des verrues sur la face d'albâtre – ou peu s'en faut – des lieux.

Le photographe en est là de ses réflexions douces-amères quand Mme Arnim s'engage dans la rue du 17-Pluviôse et disparaît sous le portique d'entrée d'une maison à triple encorbellement, réputée dans la région pour avoir été la demeure du flibustier Larouche. Ainsi donc, l'inconnue en tailleur gris loge maintenant dans cette villa dont il est souvent arrivé à Dalmas de prendre des clichés, à l'époque où, afin de se renflouer, il exerçait son métier pour le compte d'une petite entreprise de cartes postales.

Les murs de la maison forment un angle avec l'impasse du Cardinal. Un jardin s'étend derrière, caché par une baie de thuyas. Il croit se souvenir qu'au fond de ce dernier, au pied d'un if, la statue d'une jeune fille rampante baigne ses mamelons à peine éclos dans un bassin noir de vase : deux nymphes s'embrassent à fleur d'eau et offrent au visiteur le spectacle d'une sorte d'araignée d'amour.

Dalmas est sur le point de rebrousser chemin et de quitter l'impasse quand il lève les yeux en direction de la fenêtre du premier étage. Son angle de vision ne lui permet pas de distinguer autre chose qu'un rond de lumière orange sur un plafond barré de poutres semblables à des traverses de chemin de fer. Une ombre entre dans le cercle comme un gibier dans la stridence des phares d'une automobile. Dalmas ne saurait alors décrire avec précision ce qu'il aperçoit, sinon une forme noire qui se voûte et grossit, se fend puis se défait d'une autre figure fatidique, laquelle, en s'effaçant du champ d'éclairage, emporte avec elle la silhouette dont elle s'est détachée.

L'étonnement et le désir d'améliorer son point de vue ont contraint Dalmas à reculer. Il est maintenant adossé à la façade de l'hôtel Mazarin, sis de l'autre côté de la ruelle. Il n'hésite pas à entrer dans l'établissement et à demander au concierge, qui somnolait devant un petit poste de télévision, si la chambre du second étage orientée vers la rue est libre. En guise de réponse, le réceptionniste décroche de son tableau une des clés couplées à ce qui évoque à Dalmas un jeton de casino. « Rien ne va plus », se dit le photographe qui ne déteste pas plaisanter, avant de grimper les étages en escaladant les marches quatre à quatre – quand on est grand, il est moins fatigant de monter ainsi.

La pièce est sombre, cependant le miroir fixé au plafond, au-dessus du lit, accroît la luminosité dans l'alcôve en ne laissant planer aucune incertitude sur le passé borgne de l'hôtel. Il ouvre la fenêtre d'un geste vif, les volets avec précaution. L'étroitesse de l'impasse du Cardinal a obligé l'architecte de ce qui devait être une auberge du temps de son édification à avancer la charpente de chaque étage sur la précédente pour gagner en espace dans les chambres. Résultat, il est si proche de la maison de la veuve blonde qu'il pourrait toucher du bout des doigts, s'il se penchait en avant, la résille du vitrail de la fenêtre sous laquelle il se hissait tout à l'heure, sur la pointe des pieds, pour mieux espionner.

Ce qu'il était aisé de discerner grossièrement d'en bas est plus difficile à analyser de manière précise à présent. L'épaisseur colorée des carreaux distord lignes et volumes. L'œil doit s'habituer à ce monde mouvant pour comprendre ses formes traduites de l'étrange. Le photographe a l'impression d'avoir à étudier un négatif sous le prisme d'un cul de bouteille.

Devant lui pourtant finit par se détacher du chaos des images un grand lit tendu de noir sur lequel son inconnue est allongée, à plat ventre, jambes serrées. Les mains remontées au niveau de la tête, les coudes en angles droits, confèrent à l'ensemble du corps l'aspect du trident de Poséidon. Dalmas constate alors, les yeux plissés pour tenter de corriger une myopie imposée par le vitrail, que la jupe du tailleur est retroussée jusqu'au versant dorsal du fessier, aussi rond que blanc, de Mme Arnim.

Ce matin, de nouveau, Dalmas est installé à la terrasse du Majestic. Il espère que Mme Arnim passera sur la place Louis-XIV au cours de sa promenade, car il voudrait la suivre comme hier. S'il existe un comique de répétition, à observer le photographe assis parmi les tables vides et glacées du café, on est assuré qu'il est aussi un plaisir de répétition. La différence avec le jour précédent réside dans le fait qu'aujourd'hui il n'ignore plus le nom de cette femme. Il s'est renseigné la veille auprès du buraliste du casino, après avoir quitté l'hôtel Mazarin et réservé la chambre 29 jusqu'à son départ de la ville, dans deux jours.

Si l'on récapitulait dans l'ordre ce que Dalmas a appris, on réciterait sur le ton du gendarme au rapport que : Geneviève Arnim a enterré son mari il y a moins d'un mois et que ce dernier s'est rompu les os sur le sol de l'entrée après avoir basculé par-dessus la rambarde intérieure du premier étage; on préciserait qu'au dire du médecin qui l'a examiné une crise cardiaque a poussé le malheureux à franchir le parapet de la galerie. Le couple louait la maison du flibustier Larouche depuis six mois, après que M. Arnim eut pris sa retraite de juge. Dorénavant, sa femme vit seule dans cette demeure, c'est en tout cas ce que le buraliste a affirmé, sans avoir il est vrai jamais suivi l'intéressée.

Le commerçant a répondu de bon cœur aux questions de Dalmas. Au moment de servir un autre client et de changer de sujet de conversation – le climat hivernal en plein mois d'avril préoccupe les esprits, qui veulent y voir les prémisses d'un prochain cataclysme écologique –, il a glissé à son interlocuteur que Mme Arnim a grandi à Ostende. A présent assis à la terrasse du Majestic, Dalmas songe que c'est peut-être un peu de sa jeunesse que cette femme guette sur le perré, face à la brume de la baie, et ce, bien que le front de mer ici n'ait pas le charme de la plage d'Ostende où les marcheurs, à contre-jour, semblent évoluer dans quelque souvenir vague et où, en suivant du regard les lignes du ciel, de la mer et des arcades du promenoir qui convergent en un même point inaccessible, on ne peut douter que toute perspective concrétise dans l'espace l'idée même de mélancolie.

A l'heure prévue, il emboîte le pas de la veuve, qui remonte la rue de l'Église en direction de la promenade. Elle porte un imperméable ceinturé à la taille et un foulard noir veiné d'émeraude sur sa chevelure attachée. Son allure n'est pas sans rappeler certaines énigmes féminines cachant leur jeu à merveille dans les films hollywoodiens de l'après-guerre.

La baie, quasi fermée par la digue qui émerge au centre de la passe, dessine un ovale presque parfait sur la côte. Après que trois raz de marée eurent dévasté une centaine de maisons au cours des siècles, on a protégé la ville par deux jetées. L'une à l'ouest, l'autre à la pointe Sainte-Barbe, direction qu'a prise Mme Arnim. Une fois le casino et le Grand Hôtel dépassés, les habitations s'espacent puis disparaissent, ainsi que la végétation. Les bruits du trafic s'estompent quand croissent les cris des oiseaux de mer. La route se transforme en un chemin dont les lacets montent une pente sévère à l'herbe rase, jusqu'à la chapelle. Au sommet, le vent hurle si fort autour du clocheton, l'aplomb de la falaise est si abrupt, si déchiqueté par la houle, que l'on n'aurait pas de mal – si l'on avait l'imagination de Dalmas – à se croire sur les hauts de l'Écosse, non loin du presbytère des bouleversantes sœurs Brontë, qui jouaient à la marelle en cachette de leur pasteur de père sur les dalles funéraires des religieux inhumés dans l'église.

Dalmas maintient une telle distance entre lui et celle qu'il file qu'il pense l'empêcher de distinguer les traits de son visage si jamais l'intuition, que chacun a de temps à autre, d'être suivie l'alertait. Bien qu'un panneau interdise l'accès à la digue les jours de tempête, Mme Arnim ne s'arrête pas et descend le long sentier en *S* creusé dans la roche, qui s'interrompt loin dans l'océan, au bout de la jetée. La paroi à vif découvre en cet endroit un pli en équerre affectant un feuilletage de couches marneuses et calcaires.

La neige commence de tomber. Elle couvre le flysch de griffures pâles. Geneviève Arnim avance sur la digue aussi déserte que les rues du port, les plages aux environs, les champs dans l'arrière-pays. Elle rase le rebord du brise-lames au pied duquel s'agglutine une armée de rocs à l'assaut.

Le ciel et la mer se confondent. Une blancheur de folie douce noie le monde. L'espace est infiniment ouvert mais aucune fuite n'est concevable. Ils sont si seuls, elle et lui, à l'extrémité de cette presqu'île de béton, que l'inquiétude s'empare de Dalmas. N'est-il pas le jouet d'une machination ? Un instant il soupçonne Mme Arnim de l'avoir mené ici pour le confondre ou bien, qui sait, pour qu'il assiste à son suicide et qu'on l'accuse ensuite de meurtre. Elle va se jeter à l'eau là où le ressac est le plus violent. Déjà ses escarpins trempés pointent au-dessus de la mêlée des vagues. Il ébauche un mouvement, s'apprête à courir jusqu'à elle pour la retenir lorsque soudain elle fait volte-face et, hâtant le pas, reprend la direction du port sans même lui accorder un regard au moment où elle le croise.

Le photographe a pris froid sur la digue de Sainte-Barbe. Il boit un thé dans la chambre 29 et se lève tous les quarts d'heure pour vérifier qu'aucune lumière n'est allumée chez sa voisine. La maison est vide. Les flocons dessinent dans l'air du soir les traces de pas d'un chat de meunier.

Dalmas a l'impression que son attente sera récompensée s'il se plie aux clauses que lui impose, peut-être à son insu, Geneviève Arnim. Les minutes filent, en plongeant celui qui ne refuse plus de se considérer comme un vulgaire voyeur dans un état tour à tour d'absence et de tension.

Plus tard – miracle du hasard –, il est à sa fenêtre quand il reconnaît Mme Arnim de l'autre côté de la ruelle, immobile dans l'embrasure de la porte. La neige jette une lueur bleue que nul éclairage ne supplante dans la pièce où elle se trouve. La lampe de chevet est éteinte cette fois et c'est à grand-peine que les yeux de l'indiscret décryptent au travers du vitrail les faits et gestes de la veuve.

Elle s'est agenouillée au pied du lit, de profil si l'on convient que nous occupons la place à laquelle Dalmas assiste à ce spectacle muet. Elle a remonté sa jupe jusqu'à la taille, dévoilant des fesses dénudées. Elle affale son buste sur les draps et pose sa tête en la tournant de manière que l'on n'entrevoie plus que la torsade cuivrée de son chignon.

Alors une silhouette massive surgit de la partie de la chambre qui nous est occultée. Elle se jette – nulle autre expression ne serait plus appropriée – sur Mme Arnim, qui ne se défend pas. L'assaillant, de petite taille, l'enserre entre ses membres fins mais robustes au possible comme il y paraît. Ses bras racés posés sur les épaules de sa victime consentante, il s'agite et frappe de son bas-ventre, à un rythme forcené, la croupe de cette dernière. Sa langue écarlate, d'une longueur qui stupéfie Dalmas, ne cesse de mouiller de salive le visage de sa partenaire. Une pieuvre à face de gargouille que des secousses affolent sans répit plusieurs minutes d'affilée, tantôt au creux d'un abysse tantôt à la cime d'une lame de fond. La pénombre est trop épaisse pour que le photographe puisse dévisager l'amant, mais le corps de celui-ci brille tant qu'il doit littéralement ruisseler de sueur. Enfin il se retire et disparaît avec la brusquerie qui fut la sienne pour entrer en action.

Il reste peu de temps à Dalmas pour achever ses prises de vue. Il lui faut encore imprimer les deux dernières raretés du musée sur la pellicule de son appareil numérique. Son esprit est ailleurs pourtant, et l'on peut parier qu'il s'attarde autour de la scène épiée la veille. Son inaptitude à certifier si ce souvenir relève pour lui d'un rêve ou d'un cauchemar, participe pour beaucoup au trouble qui l'envahit.

Il s'efforce de se concentrer en posant son trépied devant un magnifique bracciajula. Cette pièce est une sorte de bouclier offensif, constitué de l'assemblage d'une rondache et de deux lames qui font parade. Une pointe aiguë émerge de la partie centrale aux bords denticulés. Un gantelet de main gauche, auquel a été adaptée une branche coudée facilitant le maintien et l'orientation de l'arme, se fixe au revers. Une ouverture s'obstruant grâce au déclenchement d'un clapet est destinée à recevoir un lumignon, ce qui permet à Dalmas de supposer que ce bracciajula a été élaboré en vue d'interventions nocturnes, telle l'attaque de Sienne par les Florentins, une nuit de 1555.

Plus loin, il photographie sur un fond de velours noir une serrure et sa clé-pistolet. Le foncet est à couronnement en fleur de lys tandis que la clé à panneton offre une tige évidée pour servir de canon correspondant à une patine en silex. La pièce est curieuse mais il était courant, à Dresde ou à Venise, que des orfèvres, serruriers ou même horlogers, combinent leurs ouvrages à des armes, dans une intention défensive mais plus souvent avec l'arrière-pensée de faciliter quelque assassinat.

Dalmas est pressé. En travaillant il a pris la décision d'aller parler à Mme Arnim, ne serait-ce que pour connaître le timbre de sa voix. Au moment où il quitte l'arsenal, son regard est arrêté par un tablier de chanvre piqué de crin. Il s'agit de l'exemplaire d'exception d'une de ces jaques qui protégeaient les mâtins, ces grands chiens combattant les sangliers lors des chasses à courre. Hélas, Dalmas n'a plus de pellicule et il abandonne à regret cette épaisse armure de tissu.

Dehors le soleil le réconforte, qui dispense au port l'éclat de sa nouveauté. Sur la rive opposée, la brume enfuie a dégagé les murs de la maison de Ravel. Dalmas entend résonner en lui les premières notes de sa *Pavane pour une infante défunte*. La neige n'en a plus pour longtemps. Elle se retire des gouttières et des colombages des hôtels particuliers. Elle se tapit autour des hortensias, sur les globes des réverbères que les mouettes conchient, sous le porche de l'église Saint-Jean-Baptiste.

Dalmas n'attend pas que Mme Arnim réagisse au signal de la sonnette qu'il vient de tirer. Il ne l'appelle pas non plus quand il s'avance à l'intérieur vers l'escalier en spirale qu'il va suivre jusqu'au premier étage. Le silence et le calme absolus des lieux lui donnent l'impression d'être à son tour observé en secret. Dès lors, il est certain qu'il opère selon les vœux de la veuve et que cette dernière a voulu le moindre de ses agissements. Il ne lui répugne pas d'être son jouet pendant quelques minutes si, comme il en a le désir, elle se livre en fin de compte à lui avec la docilité dont elle a su se montrer capable avec un autre.

Dalmas entre dans la chambre. A travers le vitrail, il voit la fenêtre de l'hôtel en vis-à-vis, là où il est resté deux jours dans l'ombre. La pièce exhale une puissante odeur de venaison, d'aisselle et d'urine. Il ouvre grand le col de sa chemise et ôte sa veste avant de sortir.

Il s'approche de la balustrade dont il remarque la faible hauteur avec un rien de morbidité ; un dogue de taille adulte, à la robe sombre et luisante, apparaît dans son dos et le précipite dans le vide en se lançant de toutes ses forces contre lui. Dalmas n'a que le temps d'effectuer une volte-face et de voir s'approcher de son visage la gueule du molosse grande ouverte d'où s'échappe, dégoulinante de bave, une longue langue écarlate.

PASSAGE A L'ACTE

Scène I

Dans le bar désert de l'Hôtel du Palais, une heure après minuit, une fille de vingt ans simplement vêtue d'une robe de chambre écarlate trop grande pour sa taille cajole Sancho, son lapin domestique, allongée sur un canapé dont elle a jeté les trois coussins à terre.

LISBETH. – Sancho, mon beau Sancho, quelle torture ce doit être pour toi de n'avoir pas d'autre choix que de m'écouter ce soir, une fois de plus, quand depuis des semaines je te rebats les oreilles *(elle tire dessus comme pour les allonger)* avec les mêmes plaintes ! Est-ce la fin des vacances qui teinte ce que je vois des feux du crépuscule ? Je ne le crois pas. Je ne me suis guère divertie ces derniers temps et la reprise des cours demain aura plutôt tendance à me sortir du marasme. Est-ce le départ de Manon pour l'étranger qui jette en moi l'ombre du deuil ? En sa compagnie, je n'ai fait que mesurer les distances qui nous séparent. S'il m'est arrivé de m'amuser avec elle – tu sais de quoi je veux parler, toi le témoin privilégié de mes faits et gestes *(elle lui tire maintenant la moustache en manière de réprimande)*, ce fut moins adoucie au lait de la tendresse humaine qu'échauffée par le philtre de la cruauté. Est-ce l'admission de ma mère à la clinique qui m'inquiète ? Si tu le pouvais tu rirais à cette seule idée. Mais je m'arrête car toutes sortes de pensées que je veux ignorer tant elles me paraissent monstrueuses se bousculent dans ma tête et m'oppressent. Certes, je n'ai pas besoin de cela, moi qui me sens étouffer chaque jour un peu plus au point que tout à l'heure, en me postant en haut du promenoir face à l'océan, je trouvais l'horizon encore trop étroit. J'aurais aimé qu'il se déploie à l'infini, que semblable à un aigle prenant son envol il déchire le ciel de toute son envergure et vienne m'ouvrir à tous les vents d'un coup d'aile fabuleux. Tu vois, ma soif d'absolu va croissant tandis qu'il me semble que le monde lui adresse au quotidien la plus désinvolte des fins de non-recevoir. Cette tension entre mes aspirations à la vie violente et le veto que lui opposent les gens – à leur insu je n'en doute pas – me fait l'effet d'une asphyxie. Alors, j'aimerais que ma course sème des appels d'air dans les rues. Entends-tu, Sancho ? *(Elle le serre contre elle, il disparaît presque dans le décolleté de sa robe de chambre.)* J'aimerais que mes gestes soient des chansons et ces chansons le vif de ma pensée. J'aimerais que ma sensibilité travaille à plein, avec une subtilité telle qu'elle ferait bonne mesure en regard du néant qui la presse de toute part. J'aimerais suivre le mouvement du désir qui ne saurait aller autrement qu'en clandestin pour me surprendre à être je-ne-saisqui je-ne-sais-où… Eh bien, Sancho, tu m'as entendue. *(Elle le saisit et le suspend au-dessus de son visage renversé.)* S'il est vrai que tu me mènes parfois où ne me mènent que mes propres caresses – *(elle chuchote)* en enfonçant de la sorte tes griffes dans ma poitrine et en fourrant ton museau glacé au creux d'un pli qu'une tout autre température distingue –, je n'ai pas envie que tu me titilles pour l'instant. Pour tout te dire, une autre faim me tenaille. Je crois que cette nuit je serais prête à ce que le sang coule. En comparaison mes amies n'ont pas autant tardé, j'en ai conscience, mais depuis plusieurs semaines l'idée a creusé son chemin en moi comme la source dans la roche et je la devine proche de jaillir *(elle rit)* si tu me permets ces images à double tranchant. Suis-je assez folle ? A te voir là, aussi blanc qu'un gros flocon de neige et aussi doux qu'une petite balle de coton, je me verrais assez essuyer les traces rouges de mon dépucelage sur ton pelage angora. *(Elle rit de nouveau.)* Chut, Sancho ! j'entends les pas de Manon et de ma mère. Il ne s'agit plus d'exprimer ce que nous avons sur le cœur. Enfin, tant qu'il nous sera possible de ronger notre frein…

Scène II

Manon et la mère de Lisbeth entrent dans le bar. Le lecteur, la lectrice, auront l'obligeance de se les figurer toutes deux habillées des tenues les plus « dans le vent » qu'il, ou elle, pourra imaginer.

LA MÈRE. – Où que tu ailles, ma fille, le désordre t'escorte. *(Elle ramasse les coussins et les empile sur un fauteuil avant de s'asseoir de côté, les jambes repliées sous elle, sur le canapé en vis-à-vis de celui qu'occupe Lisbeth.)*

MANON. – Le barman est parti. Je voulais un jus d'orange.

LISBETH. – Ne bouge pas. *(Elle se lève et passe derrière le comptoir.)* Tu veux de la glace ?

MANON. – Lisbeth, reviens ici. Tu n'as pas le droit. Quelqu'un va venir.

LISBETH. – Aucun risque. Nous sommes au royaume des bonnets de nuit ici. Passé onze heures ce ne sont que ronflements et rumeurs de télévision dans les chambres. *(Elle ramène un verre de jus d'orange à son amie et une coupe de champagne pour elle. Elles s'assoient ensemble.)*

MANON. – Tu ne vas tout de même pas te plaindre de vivre depuis trois mois dans un endroit pareil !

LISBETH. – Que nous quitterons le mois prochain pour une maison digne des rêves de ma mère.

LA MÈRE. – C'est que je n'ai pas ton âme de romanichelle pour me satisfaire de vivre à l'hôtel. A la mort de ton père, il a fallu faire face, je suis navrée que ce projet de déménagement te contrarie mais tant que tu vivras chez moi…

LISBETH *(marmonnant)*. – Et tu vis chez moi depuis ta naissance.

LA MÈRE. – … et tu vis chez moi depuis ta naissance, tu m'obéiras. Tu passes ton temps à faire la fine bouche devant des plats dont tu finis par ne plus laisser une miette. Tu te plairas là-bas autant qu'ici, j'en suis sûre.

LISBETH. – Et un peu plus, je l'espère. Y a-t-il seulement une chose à mon sujet dont tu ne sois pas sûre ?

LA MÈRE. – Je t'avouerai que j'ai du mal à comprendre pourquoi tu passes ton temps à parler à cette bestiole infecte. *(D'un coup de menton, elle désigne le lapin qui se déplace en liberté sur le tapis du salon.)* C'est à douter de ta santé mentale.

LISBETH. – Faut-il que je réponde à ces propos de haut vol ? Et Manon doit-elle assister à nos effusions d'amour filial ? Elle prend l'avion dans une heure et je ne sais quand je la reverrai.

LA MÈRE *(mielleuse)*. – Pardonne-moi, Lili. C'est que je ne te reconnais plus depuis quelques mois. Nous étions si proches…

LISBETH *(marmonnant)*. – Les meilleures amies du monde.

LA MÈRE. – … les meilleures amies du monde. On se disait tout.

LISBETH. – Si on ne se dit plus tout, c'est sans doute que je voudrais désormais – un peu tard – préserver un jardin secret. L'expression te dit-elle quelque chose ? Bien sûr, s'il te plaisait que je t'entretienne de mes études, j'en serais ravie. Sais-tu par exemple que je reprends demain mes cours d'anatomie ? La plupart des corps que nous disséquons sont ceux de personnes âgées, c'est pourquoi beaucoup de graisse s'écoule d'eux lorsque nous les dépeçons. Une chance que les plateaux d'aluminium soient équipés de gouttières et légèrement inclinés. Lorsque nous en avons terminé, les cadavres de ces malheureux qui n'ont en général plus de famille sont incinérés.

LA MÈRE. – Tu me dégoûtes et tu veux m'effrayer.

LISBETH. – Tu n'as rien à craindre. Les liftings sont devenus des opérations courantes, sans grand danger. Tu survivras à la semaine qui s'annonce, je ne me fais pas de souci pour toi.

LA MÈRE. – En revanche je m'en fais pour toi. Alfarache te trotte dans la tête ? *(Sa voix s'adoucit de nouveau.)* Il n'est pas dénué de charme.

LISBETH. – Excuse-moi, Manon, je vais prendre l'air un moment. *(Elle se lève d'un bond et sort avec Sancho dans les bras par la porte vitrée qui donne sur la promenade baignée des rayons lunaires.)*

Scène III

Manon et la mère de Lisbeth restent seules dans le bar.

MANON. – Alfarache, c'est bien le nom de cet homme que j'ai souvent vu déambuler le long de la plage et qui ne manque jamais une occasion d'adresser la parole à Betty lorsqu'il vient au bar ?

LA MÈRE. – Un usurpateur. Il fait mine d'être ici chez lui mais, s'il est en effet un habitué des lieux, il ne fait qu'y passer. Il vit beaucoup plus modestement sous les toits près de l'église orthodoxe. Sa garçonnière est le théâtre de singuliers excès. Il y a dans son regard des questions à te mettre le rouge aux joues. *(Elle replie ses genoux sous son menton et croise ses bras autour de ses jambes.)*

MANON. – J'ai remarqué, bien qu'il n'ait pas perdu son temps à m'observer.

LA MÈRE. – Ne le regrette pas trop, mon enfant. Il est de ces êtres dont la fréquentation est dangereuse. « Cravache » est la première rime qui me vient à l'esprit au bruit que fait son nom dans ma bouche. Si tu lui prêtes attention, il flattera ta jeunesse avec un instrument de ce type.

MANON. – Vous semblez le connaître de près.

LA MÈRE. – Suffisamment pour ne pas vouloir en savoir davantage sur son compte.

MANON. – Et vous pensez que Betty subit son influence, que le tour ambigu qu'a pris sa personnalité ces dernières semaines est le fait de ce diable d'homme.

LA MÈRE. – Ambigu, tu as dit le mot. Comme les drames que l'on qualifie ainsi, elle passe du registre comique à la tragédie sans crier gare. Je mettrais en effet ma main au feu qu'Alfarache est responsable – en partie, je te le concède – de ses sautes d'humeur et de ses velléités de franc-tireur.

MANON. – Vous quittez cependant la ville.

LA MÈRE. – Cela devrait remettre la tête sur les épaules de Lili. A mon retour de clinique, nous chercherons une maison convenable.

MANON. – Si je peux me permettre, vous me semblez ce soir n'avoir pas le moins du monde besoin d'un rafraîchissement de vos traits. On jurerait que Betty et vous êtes sœurs jumelles.

LISBETH (*entrant par là d'où elle s'est éclipsée et ayant l'air de penser à autre chose*). – C'est sans doute qu'elle veut passer pour ma fille. *(Elle renverse sa flûte à champagne qui se brise au sol.)*

LA MÈRE (*qui ramasse les morceaux de verre et les pose sur la table basse d'où la flûte est tombée*). – Fais un peu attention au lieu d'essayer d'être spirituelle. S'il te plaît, ne mets pas le feu à l'hôtel pendant que je vais chercher la valise de ton amie. Manon, garde un œil sur ce danger public, veux-tu ? *(Elle sort.)*

Scène IV

Lisbeth se rallonge sur le canapé. Les yeux de Sancho brillent comme des rubis entre les seins très ronds de sa jeune maîtresse.

MANON. – Que t'arrive-t-il, Betty, tu es si pâle ? On dirait que le Général Hiver, pourtant lointain, a dépêché en toi son premier émissaire.

LISBETH. – Je n'ai pas froid, au contraire. Si j'ai l'air émue c'est qu'une flamme intérieure consume mon être avec des battements d'étendard.

MANON. – N'aurais-tu pas croisé Alfarache dehors ?

LISBETH. – Je l'ai croisé.

MANON. – Il rôde jusqu'au milieu de la nuit dans le but de t'approcher. Méfie-toi de son insistance ; elle cache des intentions suspectes.

LISBETH. – Tu veux dire charnelles ? A n'en pas douter. Et si tu me promets de n'en rien rapporter à ma mère, je t'avouerai qu'il reviendra plus tard, et qu'au pied de la falaise en haut de laquelle le phare s'élève je me livrerai à lui comme je ne me suis jamais livrée.

MANON. – Il t'a tourné la tête.

LISBETH. – C'est possible, je ne médis pas du vertige. Sache que c'est moi qui l'ai prié d'être mon premier amant. Je l'ai choisi en toute connaissance de cause.

MANON. – C'est peut-être cela qui m'effraie chez toi. Cette propension grandissante à agir avec froideur.

LISBETH. – Que tu es couarde ! Je m'apprête à sortir d'une retraite aussi longue que confinée mais cette évasion – connais-tu un terme plus lyrique que celui-ci ? –, cette évasion n'est concevable que si elle est le fruit d'un coup d'éclat. *(Elle lève les bras et ouvre ses mains à la manière des acrobates qui viennent d'accomplir un exploit.)*

MANON. – Je voudrais comprendre. Depuis ton plus jeune âge, rien ne t'a été interdit.

LISBETH. – Rien non plus n'a été laissé à ma discrétion. Du jour de mes premiers saignements d'adolescente, je n'ai plus eu le moindre secret pour ma mère. Sans y prendre garde, je me suis étiolée. Seul mon succès dans mes études de médecine m'appartient pour de vrai, comme disent les petits.

MANON. – Enfin, Betty, ta mère n'est pas aussi terrible. Il y a peu vous dansiez enlacées sous la boule à facettes du *Txirula*.

LISBETH. – Justement, le seul corps à corps auquel

j'aspire désormais est celui, initiatique, qui m'attend sous l'autorité d'Alfarache.

MANON. – Il a tout du loup en maraude.

LISBETH. – Je garde l'image, elle me convient.

MANON. – Donne-moi trois raisons d'en être éprise.

LISBETH. – Est-ce nécessaire ? L'autre jour, lorsque je t'ai forcée à laisser mes doigts lever des frissons sur ta peau, je ne crois pas que l'idée que j'ai émise alors d'être surprise avec toi par un Alfarache complaisant t'ait refroidie.

MANON. – Arrête ! *(Elle détourne le visage.)*

LISBETH. – Non, je tiens à te répondre : sa voix où se meut tout son corps, sa bouche qui vaut son pesant de baisers, ses mains pleines de caresses exactes.

MANON. – C'est à se demander si l'animal a un cerveau.

LISBETH (*entre ses dents*). – En ce qui te concerne la question ne se pose plus.

VOIX DE LA MÈRE. – Manon !

LISBETH. – Va et ne me hais point. *(Elle rit, se lève et embrasse sur la joue Manon, qui part.)*

Scène V

Lisbeth, à quatre pattes sur le tapis, joue avec Sancho. Elle passe ses mains dans son pelage profond et roule au sol autour de lui.

LISBETH. – Comme j'ai hâte qu'Alfarache m'appréhende contre la roche nue. J'en suis convaincue, je serai plus emportée encore dans l'assouvissement que dans le désir. Ma fougue ne tend plus qu'à toucher le point féroce de son expression. Que des gestes scabreux m'écartent du droit chemin, que des mots traduisent, dirigent, les trajectoires électriques de mes sensations jusqu'à ce qu'un filet de sang signale ma délivrance, tel est mon souhait. Tu me crois naïve ou dingue, mon génie ? *(Elle pose l'index sur le museau du lapin.)* Pour une fois tu as tort : cette nuit, l'encagée prend son envol et sous ses ailes s'ouvrent les plaines grêlées d'étoiles de l'espace. Tu as peur que je m'égare, n'est-ce pas ? *(Elle se met à genoux et se dresse, les mains sur les hanches. Sa robe de chambre glisse et découvre ses épaules.)* Regarde Sancho, regarde-moi. Mon esprit s'est affermi, il a coulé de ma gorge à mes cuisses un principe viril qu'aucune sentimentalité n'imprègne. Nul ne pourra me tenir à sa merci désormais. J'ai la volonté de vibrer, de goûter, en un mot de sentir à outrance, et cette volonté ne pliera pas plus que la lame de la tulipe noire dans les flancs des hommes du roi. *(Lisbeth pose sa tête sur le bras d'un fauteuil et s'endort. Sa mère la réveille à son retour de l'aéroport.)*

LA MÈRE. – Tu devrais faire comme moi et monter te coucher.

LISBETH (*un peu endormie*). – Je n'y tiens pas. Vas-y toi, je serai debout pour ton départ à l'aube.

LA MÈRE. – J'oubliais, c'est vrai, tu attends Alfarache. Permets-moi de patienter avec toi. J'ai envie de me rappeler à son bon souvenir.

LISBETH (*rendue d'un coup froide et cassante*).– Veux-tu, s'il te plaît, me laisser tranquille ? Il faudra quant à moi que je me rappelle de remercier Manon pour avoir su garder mon secret.

LA MÈRE. – Ne sois pas trop sévère ; elle ne m'a rien livré de but en blanc. J'ai dû la menacer d'informer les siens de quel ordre furent vos manigances, l'autre jour, dans la cabine de la piscine, pour qu'elle consente à me parler.

LISBETH. – Tu veux dire que tu nous as épiées ?

LA MÈRE. – Tout de suite les grands mots.

LISBETH. – J'ai l'impression de glisser au fond d'une eau morte.

LA MÈRE. – Pauvre petite Ophélie. Tu ne savais donc pas que je lisais en toi comme dans un livre ouvert…

LISBETH (*les yeux dans le vague*). – T'a-t-on déjà fait remarquer que tes ongles si longs ressemblent aux coquilles des couteaux, ces mollusques qui vivent enfoncés à la verticale dans le sable ?

LA MÈRE. – … Il n'est pas jusqu'aux jeux solitaires auxquels tu t'adonnes depuis deux ans maintenant, à deux mains si je ne m'abuse, qui ne me soient connus.

LISBETH (*très bas*). – Tu devrais te taire.

LA MÈRE. – Ne te vexe pas, tu es ma fille, je peux tout comprendre. Ainsi, en ce qui concerne Alfarache, j'ai bien compris. Je suis même allée le voir chez lui, il y a une quinzaine de jours…

LISBETH (*se relevant, la main crispée sur la table basse*). – Tu devrais te taire.

LA MÈRE. – … j'avais l'intention de lui parler de toi, de ta jeunesse, de tes études que tu mèneras à bien si rien ne vient te déconcentrer et puis, je ne sais ce qui s'est passé…

LISBETH (*droite devant sa mère, le pied de la flûte brisée brillant entre ses doigts*). – Tu devrais te taire.

LA MÈRE. – ... en un savant tour de force, il m'a accordé ce qu'il te fournira si tu y tiens toujours, il a achevé ma joie...

(D'un geste sûr, Lisbeth enfonce la pointe de verre dans la gorge de sa mère. La femme ne se débat presque pas, elle s'effondre. Lisbeth s'assoit très lentement près du corps sans vie. Elle prend Sancho dans ses bras. Ses mains ensanglantées laissent des marques rouges sur la fourrure du lapin.)

Scène VI

Dans une salle de dissection, trois étudiants en médecine portant blouse, masque, gants et bottes en caoutchouc, s'affairent autour d'un corps qu'un drap opératoire couvre jusqu'aux épaules. L'apprenti chirurgien qui se tient de dos pour nous qui l'observons intervient sur la tête du cadavre. Ses condisciples le secondent en lui passant les instruments qu'il réclame : bistouri, sonde cannelée, pinces. Une voix au léger accent espagnol nous parvient.

VOIX D'ALFARACHE. – Lorsque j'ai retrouvé Lisbeth, elle était calme. Elle s'est mise debout et sa robe de chambre est tombée à ses pieds : comme une sorte de mue. Je n'ai pas dit un mot. Je lui ai donné ma veste pour qu'elle ne prenne pas froid – bien qu'à cet instant je pense qu'elle ne craignait ni le froid ni rien – et j'ai suivi ses instructions. J'ai enroulé le corps encore chaud de sa mère dans une nappe, je l'ai coffré dans ma voiture puis j'ai remis de l'ordre au bar. Je savais qu'après cette nuit, dans le meilleur des cas, je ne reverrais jamais Lisbeth. Je ne voulais pas y penser : il nous fallait avant tout faire disparaître le cadavre.

(Une sonnerie retentit dans la salle de dissection. Les étudiants sortent. Deux garçons de salle emportent la dépouille sur un brancard. Une main glisse de sous le drap vert d'eau. Ses ongles évoquent les coquilles des couteaux, ces mollusques qui vivent enfoncés à la verticale dans le sable.)

TABLE

DU MÊME AUTEUR

Fiasco, roman
Phébus, 1997

Journal d'un cœur sec, roman
Phébus, 1999
Prix François Mauriac de l'Académie française

Maître-Chien, roman
Phébus, 2004

Aux dimensions du monde, poèmes
Léo Scheer, 2004

Cet ouvrage
réalisé pour le compte des Éditions Phébus
a été mis en pages par In Folio,
reproduit et achevé d'imprimer
en août 2004
dans les ateliers de Normandie Roto Impression s.a.s.
61250 Lonrai
N° d'imprimeur : 04-1680

Imprimé en France

Dépôt légal : août 2004
I.S.B.N. : 2-7529-0018-X
I.S.S.N. : 1285-6002